文春文庫

武士の流儀（六）

稲葉稔

文藝春秋

この作品は文春文庫のために書き下ろされたものです。

DTP制作　エヴリ・シンク

武士の流儀

六

第一章　一目惚れ

一

北町奉行所の吟味方与力・大杉勘之助《おおすぎかんのすけ》がその日の仕事を終え、八丁堀の自宅屋敷に戻ってすぐのことだった。

中間が運んできた濯《すす》ぎを使っていると、式台に次男の勘次郎《かんじろう》があらわれ、

「父上、ご相談があります」

と、いつになく畏《かしこ》まった顔で膝をついた。

「相談、なんであろうか？」

勘之助は雑巾をぽいと桶の縁にかけて式台にあがった。

「ここでは話せませんので、奥で……」

勘次郎は神妙な顔をして、先に奥座敷に向かった。勘之助は小首をかしげて、勘次郎のあとに従った。

二人が向かい合ったのは、勘之助が書斎にしている小座敷だった。開け放たれた障子から小庭が見え、数株の立葵《たちあおい》が暮れかかった空に向かって花を咲かせていた。風が気持ちよい。

「あらたまって何の話だ？」

勘之助は羽織を脱いでから勘次郎を眺めた。長男は自分に似ているが、勘次郎は妻に似ていて色白でやさ男だ。

幼き頃は、

「勘次郎様は比類なき紅顔の美少年、その翠黛《すいたい》は世の女を虜《とりこ》にいたしましょう」

と、配下の同心らにいわしめるほどだった。

それがいまは二十歳の大人になり、顔つきもしっかりしてきた。だが、長男の勘右衛門《かんえもん》がいるので部屋住みである。いずれ良縁を結び養子に行く運命にある。

「その……」

勘次郎は切り出しにくいのか、もじもじしながら視線を泳がせ、息を吸って吐き、勘之助をあらためて見た。

「じつは知り合いの女の方が、出奔されたようなのです」

「出奔……知り合いの女とは、どこの女だ？　その女を捜してくれというのではなかろうな」

「捜していただきたいのです。もし、生きておられなかったら、わたしのせいで死んだことになります」

「なんだと……」

勘之助は眉を大きく動かして、口の端に浮かべていた笑みを消した。

「その、もし亡くなっていれば、わたしが殺したことになるかもしれません。そうなれば縁坐《えんざ》で、この家はお取り潰しになるのではないかと……」

「よく呑み込めぬ。もそっとわかりやすく話せ」

勘之助は尻をすって勘次郎に近づいた。

「その女というのはどこの何者だ？　わしが知っている女か？」

「いえ、ご存じではありません。その方はお夏《なつ》様とおっしゃいまして、御小姓組の組頭・富永主税《とみながちから》様の奥様です」

「な、なんだと……御小姓組組頭の奥方が……」

勘之助はしばし絶句した。御小姓組は書院番と並び両番と呼ばれる、番方のひとつ。組頭であれば役高一千石の大旗本。その配下には五十人程の組衆がいる。町奉行所の与力から見れば、雲の上の人である。

「その奥方をおまえは何故知っておるのだ。いや、どういう間柄なのだ。まさか、まさか不義をはたらいたというのではあるまいな」

いうそばから勘之助は背筋に冷や汗をかいた。もしさようなことであれば、お家断絶どころか親子共々切腹である。

「仔細を申せ」

勘之助は生つばを呑み込んでから、話をうながした。

「申しておきますがあやしい関係ではありませぬ」

あたりまえだ、そんな関係になっておればとんでもないことである、と勘之助は胸中で吐き捨て、勘次郎のつぎの言葉を待つ。

「知りあったのは些細なことでした」

勘次郎はそういってから、富永主税の妻・夏と知り合ってからのことを話した。

それは、今年の正月、松の内があけた数日後——。小雪のちらつく日だった。

勘次郎は蜊河岸《あさりがし》にある士学館で剣術の稽古《けいこ》をしての帰りだった。

　いつもならそのまま家に帰るか、道場仲間と近所の茶屋で世間話に興じるかだが、その日は誰も誘ってくれる者がいなかったので、木挽町《こびきちょう》の通りまで足を運び、紀伊国橋《きのくにばし》の近くにある茶屋で休んでいた。

　ちらつく雪は積もるほどではないが、茶屋からの眺めがなんとなしによい景色だった。稽古で体が温まっているので寒さも感じない。

　茶を飲みながら目の前の紀伊国橋を眺めていると、蓑笠を着た職人ふうの男のあとから、艶《あで》やかな着物に傘をさした女がやってきた。その姿が雪の舞う景色に際立ち、勘次郎は思わず見惚れてしまった。

　橋をわたりきると、勘次郎のいる茶屋の前を通った。目鼻立ちのはっきりした女の顔にはなにやら物憂い色があった。

（美しい）

　湯呑みを宙に浮かしたまま見ていると、その女が「あ」と小さな声を漏らして転びそうになった。だが、そばについている下女ふうの年増が手を差し伸べたので、片膝をつく恰好になった。

　二人はしゃがんだまま低声《こごえ》でやり取りをして、女の足許あたりで手を動かしていた。勘次郎が気になって見ると、下駄の鼻緒が切れたのだとわかった。

「どれ、お貸しください」

近くへ行って声をかけると、女が顔を振りあげた。一瞬、目と目が合い、女の麗しい顔つきに、勘次郎はドキンと胸を高鳴らせた。そのましゃがみ込むと、自分の手拭いをちぎって応急の処置をした。

「見栄えはよくありませんが、しばらくはもつでしょう。雪道ですのでどうぞお気をつけくだされまし」

勘次郎が立ちあがると、女も立ちあがって礼をいった。

「ご親切、ありがとう存じます。せめてお名前だけでも教えていただけませぬか」

「あ、はい。大杉勘次郎と申します。わたしは蜊河岸の道場に通っての帰りで、休んでいたところなのです」

女の魅力的な目にどぎまぎしているせいか、いわずともよいことまで口にした。

「せっかくのお休みのところ、お邪魔いたし申しわけありません。いつもこちらで休んでいらっしゃるのでしょうか？」

「ときどきですが、稽古の終わった日の暮れ前には寄ることがあります」

女は少し視線を泳がせ、何かいおうとしたが、そのまま会釈《えしゃく》をして立ち去った。

「それがお夏様との出会いでした」

勘次郎が話を一旦切ってから、勘之助をまっすぐ見た。

「その後はどうなったのだ。まさか、それだけで終わったということではあるまい」

「はい、それから二、三日後に件《くだん》の茶屋で休んでいますと、お夏様があらわれたのです。そのときは下女も連れないひとり歩きでした」

「それで……」

「あらためて、きちんと礼をしておきたかった、会えてよかったとおっしゃり、同じ床几《しょうぎ》に並んで座りました。そのときに夏という名前を知ったのです」

「わしのことを話したのか？」

「話していません。あとになって父上がお上に仕える仕事をしているというのは話しましたが、お役所の与力というのはいまでもご存じないはずです」

「おまえのことはどこまで話した？」

「士学館の門弟であることはご存じです」

勘之助は舌打ちをした。

「それで会ったのは一度二度ではないのだな。幾度会った？」

「幾度……」

勘次郎は少し考えてから、十数回会ったといってから言葉をついだ。

「会ううちにお夏様はいろんなことを打ち明けてくださりました。わたしがそんな話をしてもよいのかと訊ねれば、こういうことは屋敷ではできないし、話せる人もいない。わたしなら話しても他に漏れることはないとおっしゃり、さらに他言はしないでくれと釘も刺されました。むろん、わたしは約束すると申しました」

「どんな打ち明け話だったのだ？」

「お夏様が殿様の後添《のちぞ》いだということ、後添いになった経緯《いきさつ》、殿様が後添いをもらう経緯などでしたが、多くは愚痴でした。それもお夏様のご亭主である殿様の悪口めいたことでした」

「すると、お夏殿とご亭主の富永主税様の仲はうまくいっていなかったということか」

「お夏様はできることなら離縁させてもらいたい、できることならどこかへ逃げたいと何度も話され、挙げ句に、わたしといっしょに逃げてもらえないかと相談もされました」

「な、なんだと、おまえにいっしょに逃げてくれだと？　それは駆け落ちではないか。しかも相手は人妻であるぞ。しかもそのご亭主は、御小姓組の組頭……」

心の臓に悪い話である。勘之助はどう対処すべきか、めまぐるしく考えながらも肝を冷やしていた。勘次郎は不義密通をはたらいていると誤解されてもおかしくないのだ。

「父上、落ち着いてください。わたしはなにもしておりません。お夏様の手をにぎったこともないのです」

「あたりまえだッ」

「でも、わたしとお夏様が会うのを知っていた屋敷の下女がいます」

勘之助はくわっと目を見開き、我が愚息をにらむように見た。心の臓がドキドキと耳に聞こえるほど脈打っていた。

「ですから、お夏様の出奔はわたしが企んだ、あるいはわたしが匿《かくま》っているのではないかと疑われるかもしれません」

「ちょ、ちょっと待て……」

喉が渇いてならなかった。勘之助はそのまま奥座敷を出ると台所へ行き、飯炊きの女中から水をもらって喉を鳴らして飲んだ。心の臓が早鐘のように鳴っている。

「いま、奥の小座敷で勘次郎と大事な話をしておる。誰もあの部屋に来てはならぬ。誰かにわしの居所を聞かれたらさように申せ」

女中に釘を刺すと、急いで奥の小座敷に戻り、勘次郎と向かい合った。

「聞くが、おまえはどうやってお夏様の出奔を知ったのだ？」

「じつはしばらく会えないので、病になられ熱を出して床に臥せっていらっしゃるのではないかと心配になり、お屋敷のほうまで行ってきたのです」

「ま、まさか訪ねたのか」

勘之助は目を吊りあげて勘次郎を見る。

「いえ、お屋敷のそばまで行っただけです。そのとき勝手口で二人の使用人が、お夏様の噂をしておりまして、二日前に家を出たきりお戻りになっていないというのを聞いてしまったのです」

「二日前というのは、今日から二日前ということであるか？」

「いえ、昨日聞いたので、もう三日たっていることになります」

勘之助は天井の隅に目を向けて考えた。

これは放っておけることではない。万にひとつ、お夏様が自害でもされているなら、勘次郎に疑いがかかるやもしれぬ。

疑いをかけられたらどうなる……。

勘之助はそこまで考えて、ぞっとなった。

「勘次郎、よいか。このこと決して他言いたすな」

「はい」

勘次郎は真剣な顔で答える。

「それから今日より、この屋敷から出てはならぬ。おぬしがこの屋敷にいたことを……いや、ちょっと待て。お夏様が出奔されたのは三日前だな」

「さようです」

「三日前、おまえはどこにいた？」

「昼前まで家にいて、蜊河岸に稽古に行きましたが、その日は早く終わってぶらぶらと木挽町界隈を歩き、日の暮れ前に帰ってきました」

「稽古のあと、誰か連れがいたか？」

「いいえ、ひとりでした」

身を乗り出して問うていた勘之助は、ゆっくり体を戻し、そして小さくうめいて腕を組んだ。

二

その日、桜木清兵衛《さくらぎせいべえ》はいつものように散歩に出かけ、鉄砲洲《てっぽうず》の南、船松町《ふなまつちょう》河岸で句を捻《ひね》っていた。矢立の筆を短冊に走らせるが、いつもどおりいい句は浮かばない。

海を愛《め》で、沖に浮かぶ佃島《つくだじま》を眺める。遠くの空は青々としており、舟の浮かぶ海はきらきらと輝いている。

(わしには句の才がないのだな)

常々そう思ってはいるが、隠居の暇な身ゆえ、少しはましな句を、たまには妻に褒められる句を作ろうとしている。

そんなところにひょいと近所の老人がやってきて、

「句ですか……」

と、清兵衛が書き付けている句を眺めていった。背後から突然、声をかけられたので、ビクッと驚き、腰掛けていた雁木《がんぎ》から落ちそうになった。

「脅かすつもりはなかったのです。ご勘弁を……」

しわ深い老人は、髪も白く、そして薄く、髷《まげ》を後頭部にちょこなんと結っていた。

「いや、ぼんやりしていたので、びっくりしただけです。お気になさらずに」

清兵衛がそういうと、老人は隣に腰をおろした。

「わたしも下手の横好きで句をやるのです」

「ほう」

清兵衛はあらためて老人を見る。齢《よわい》七十は過ぎているのではないかと推量する。

しかし身なりは悪くない。商家の隠居のようだ。

「あなた様は俳句作者をご存じでございますか？」

いきなりそんなことを聞かれた。

「まあ、芭蕉《ばしょう》とか蕪村《ぶそん》とか其角《きかく》ぐらいですが……」

「小林一茶《こばやしいっさ》はご存じありませんか？」

「聞いたような……」

「なかなかよい句を作ります。この時季であれば……」

老人はそういって、二句を詠んでくれた。

大江戸や　犬もありつく　初鰹

菖蒲湯《しょうぶゆ》も小さ盥《だらい》ですましけり

清兵衛はほうほうと感心顔をする。

「まだ若い方です。わたしより若いということですが、あなた様よりは年寄りでしょう」

「はあ」

「よい句はどうやったら作れるのだろうかと思いますが、やはり生まれ備わった才覚がものをいうのでしょう。それに人にいえぬほどの苦労や不幸な目にあい、人の心の深淵に触れる機微を考え、練り、苦悶する。そうやっていい句が生まれるのではないかと、わたしは考えております」

「……はあ」

それからくだらない世間話になったが、老人は同じことを繰り返して話した。

（ははァ、この年寄りは少しボケているのだな）

清兵衛はそのことに気づいたので、適当に話を合わせて別れた。

夕暮れが迫りそうな道を歩きながら、清兵衛は老人から教えてもらった一茶の句を、何度か口ずさんだ。

「大江戸や犬もありつく初鰹……。滑稽味が利いているな。わしにも作れそうなものだが……。それからもう一句、菖蒲湯も小さ盥ですましけり……これはうまいな、うまい。小林一茶か……」

独《ひと》りごちながら、今度は一茶の句を勉強しようかと思うが、おのれに才のないことはわかっている。俳句などやめてしまうか、と思いもする。ならば、他の暇潰しを考えなければならない。

ふと思い浮かぶのが、大杉勘之助の顔だ。腐れ縁のような友である。同じ町奉行所に勤めていたこともあるが、幼き頃より八丁堀で遊び育った竹馬の友。清兵衛はひょんなことで隠居をしたが、勘之助はいまだ吟味方与力で腕を揮《ふる》っている。

そんな勘之助の唯一の趣味は碁である。清兵衛は碁を知らない。

（あやつに碁でも指南してもらおうか）

あれやこれやと考えているうちに、本湊町《ほんみなとちょう》の自宅に着いた。

「あなた様、大杉様のお使いが何度も見えましてよ」

濯ぎを運んできた妻の安江《やすえ》が開口一番にいった。

「勘の字の使いが……」

「はい、何度といっても二度ばかりでしたが……」

「よほどの急用であろうか？　言付けはなかったのかね」

「ありません」

「あやつは気紛れなところがあるからな。おみ足も小さ盥ですましけり……」

濯ぎの盥を見てつぶやくと、

「は……」

安江がきょとんとした顔を向けてきた。

「いや、なんでもない。一風変わった年寄りに句を教えられてな」

清兵衛は苦笑いを浮かべ、奥の書斎に入り、楽な浴衣に着替えた。もう袷《あわせ》の時季ではない。浴衣で十分過ごせる気候だ。猫の額《ひたい》ほどの庭には数本の樹木があり、その木に遊びに来ている鶯《うぐいす》がさえずっていた。

清らかなさえずりを聞くと、またなにか作りたくなるが、これがいっこうに浮かばない。

「はあ、やはりわしには才がないのだ」

と、またおのれを嘆き、ため息を漏らし、傾く日に染められた空を眺める。

「あなた様、また大杉様のお使いの方が見えました」

ぼんやりしていると安江が告げに来た。

そのまま玄関に行くと、勘之助の小者が立っていた。

「何度も来てくれたそうだな。なにか急ぎのようでもあるのか？」

「はあ、あっしにもよくわかりませんが、とにかく旦那が桜木様に会いたいといっています。それで、六つ（午後六時）過ぎに白魚橋際の『三橋《みはし》』に来てもらいたいとのことです」

三橋はちょっとした高級料理屋である。構えは小さいがなかなかの店だ。

「三橋に……」

「さようです」

わかったと答えると、そのまま小者は帰っていった。

「安江、何の用かわからぬが、勘の字に会ってくるので、飯はいらぬ」

清兵衛はそう告げると、外出用の小袖に着替えた。

三

三橋という料理屋の屋号は、近くに京橋川に架かる白魚橋と、三十間堀と南八丁堀一丁目とを結ぶ真福寺橋、そして楓川《もみじがわ》に架かる弾正橋《だんじょうばし》の三つの橋があることからつけられたと聞いている。

入り口には盛塩がしてあり、小さな木戸門から戸口までの飛び石伝いに水が打ってあった。掛行灯《かけあんどん》と足許の蠟燭《ろうそく》が、雰囲気を醸《かも》している。

「北御番所の大杉が来ていると思うが……」

迎えてくれた年増女中に告げると、

「お待ちでございます」

と、案内をしてくれる。

廊下を歩き、一番奥の客間で勘之助は待っていた。

「おお、来たか。待ちくたびれておったのだ」

勘之助はそういうなり、これへこれへと勧め、早く座れとうながす。

「いわれずとも座るわい」

「お女中、酒をもう二、三本運んでくれ。それを届けてくれたら人払いだ」

勘之助はそう命じて、居住まいを正した。町奉行所への出仕時と同じ、肩衣半《かたぎぬはん》袴《ばかま》だ。自宅屋敷に帰らず、まっすぐここに来たようだ。

「なにか大事な話でもあるのか?」

清兵衛は胡座《あぐら》をかいてから聞いた。互いに「おれ」「おぬし」と呼び合う仲。

堅苦しさは一切ない。

「大事も大事、一大事なことが出来《しゅったい》いたしたのだ」

「なんだ？」

「ま、それはあとだ。酒が届いたら話す。まずは一献《いっこん》」

勘之助が酌をしてくれる。いつもより表情がかたいのが気になる。色白の長い顔がかすかに紅潮しているのは酒のせいか。

高足膳には刺身の盛り合わせが載っていた。豪勢だ。鰹のたたき・きびなご・栄螺《さざえ》・真蛸《まだこ》の刺身・白子《しらす》・若布。

「何か喜ばしいことでもあったか……」

清兵衛は膳部の料理を見ていった。

「その逆だ」

「どういうことだ」

清兵衛はまっすぐ勘之助を見る。

「幼き頃よりおぬしのことはよく知っておる。見習いのときにおぬしが花村銀蔵《はなむらぎんぞう》と名乗り、浅草界隈で大暴れしたことも知っておる」

「おい、なにをいいだす」

「待て、おれの話を聞け」

「聞いておるではないか」

「つまり、おぬしとは刎頸《ふんけい》の交わりであるな」

「まあ……」

清兵衛は酒を嘗《な》める。

「なんでも話せる。隠し事はしない。そういう仲であるな」

「腐れ縁であるからな」

「ひどいことをいう。肝胆相照《かんたんあいて》らす仲であろうが……」

「だからなんだというのだ」

そこへ女中が酒を運んできたので、話が途切れた。

「人払いだ。呼ぶまでこの部屋に近づくな」

酒を置いた女中に、勘之助は念を押すように命じた。そして、障子が閉められると、少し身を乗り出し、声をひそめた。

「大変なことになっておるのだ。おれの愚息・勘次郎が、あろうことか御小姓組組頭の奥方とよい仲になっておるのだ」

清兵衛はあまりの驚きに、ぷっと酒を噴き出してしまった。

「おい、それは……」

「まあ、聞け。よい仲といっても不義をはたらいたのではない。よき話し相手になっていただけだ。ところが、その奥方が出奔してしまった。その奥方と勘次郎がいっしょのところを何度か、屋敷の下女に見られておる。さらに勘次郎はその奥方から、いっしょに逃げてくれないかという相談も受けておるのだ」

「なに、なんだと……」

清兵衛は盃を置いて、勘之助を見た。次男の勘次郎は、おそらく勘之助の妻に似たのだろうが、女泣かせの美丈夫だ。

「悪いことにその奥方はいまだ屋敷には戻っておられぬ。行方知れずだ。もし、自害でもされていたら、身投げでもされていたら事《こと》だ。勘次郎と通じたと疑われかねない。あるいは疑われているかもしれぬ。勘次郎が唆《そそのか》したと思われるかもしれぬ。もし、さようなことになったら……」

「おぬし、腹を切るしかあるまい」

「は……」

勘之助はぽかんと口を開いて清兵衛を見た。

「疑われるようなことをした勘次郎に責《せめ》はあるだろうが、親も責を負わねばならぬ。放っておけば改易ではないか」

「きさま、冷たいことを。よくそんなことがいえるな。おれの……その、大杉家がこれで絶えるかもしれぬのだ。大杉家は代々町奉行所与力を務めてきた。祖父は年番方であった。おれもいずれは祖父のような立派な与力になろうと精進してきた。それ故にいまだ家督は譲っておらぬ。その努めもむなしく、おれの代で大杉家が消えようとする一大事なのだ。おぬしとは浅からぬ、深い仲。もう少し親身になって考えてくれぬか。長年の誼《よしみ》であろう」

「いざ腹を切ることになったら、介錯《かいしゃく》は請け負う」

「ちょ、ちょっと待て。おれは腹など召したくない。だから、こうやって相談をしておるのだ。いとも容易《たやす》く切腹だ介錯だなどといってくれるな」

「いや、待て。勘の字、よいか。子の責任は親にあるのだ。勘次郎が御小姓組の組頭の奥方と、由々しくも不義をはたらいていたならば、誰も見過ごすことはできぬ。それに相手が悪すぎる。不義ははたらいておらぬといったが、まともには受け取れぬぞ。その奥方は勘次郎に、いっしょに逃げてくれないかと持ちかけたのであろう」

「ま、さような相談を受けたといっておった」

「それだけでただならぬ仲と見做されても致し方ない。仮におれが、その奥方の夫であったなら、さようにしか考えぬ」

事が事だけに、清兵衛は究極の話をしているのだった。もちろん勘之助が改易になったり切腹をするようなことになっては困るし、何としてでも避けたい。

勘之助は酒の入っていない盃を持ったままうなだれた。

「勘の字、先に論じ詰めたことを口にしたが、まずはその覚悟をしておいてもらいたいからだ。されど、そうはなってほしくない」

さっと勘之助の顔があがった。

「何故、勘次郎がその奥方と親しき仲になったかを、おれはまだ聞いておらぬ。その辺から教えてくれぬか」

清兵衛が穏やかな口調でいうと、勘之助は救われたような顔になった。

「そうであるな。そうである。先走ったことを先に、話したせいだな。勘次郎から聞いたことはこうだ」

勘之助は勘次郎から聞き取ったことを事細かに話していった。

四

「お夏様は今日も屋敷には帰っておられぬのか？」

清兵衛はすべての話を聞き終えて問うた。

酒はほとんど減っていない。豪華な刺し盛りにも手はつけられていなかった。

あわい行灯《あんどん》のあかりが、肝を冷やしている勘之助の顔を照らしている。顔色は当然よくない。

「それはたしかめておらぬ。たしかめる術《すべ》がないのだ」

「ま、そうであろう。それにしても、相手が相手である。御小姓組の組頭……富永主税様か……」

清兵衛はつぶやきを漏らしながら、いかにしたらまるく収めることができるか思案するが、問題はいっかな難しい。

「富永様は御年、四十歳。お夏様は二十二歳だ」

勘之助が思い出したようにいう。

「歳が離れておるな」

「富永様は三年前に妻女を亡くされている。お夏様は後添いなのだが、そのお夏様も一度は嫁に入られていた。しかし、ご主人が病死されたらしいのだ」

「後添いになられたはいいが、組頭様との仲がうまくいっていないのだな」

「なんにつけ組頭様はうるさいらしい。お夏様はそんなご亭主についていけぬのだろう。何となくわかる気はするが、果たしていまどこで何をしておられるやら……」

「死体があがったような話はないのか？」

「それは気になっておるので、御番所内の種を拾っておる。さいわい、さような話はない」

「では、まだ生きてらっしゃると考えてよいか……。お夏様のご実家はどうであろうか。むろん、富永様はお調べになっているだろうが……」

「そのあたりのことがわからぬのだ。勘次郎もお夏様のご実家のことまでは聞いておらんのだ」

勘之助は「はあ」と深いため息をつき、

「清兵衛、どうしたらよいと思う。まさかこんなことが我が身に起きようとは思っていなかっただけに、弱った。弱り果てた」

と、進退窮まった顔を清兵衛に向ける。

「勘の字、このこと誰かに話してはおらぬだろうな」

「話せるものか。お夏様の安否がはっきりするまで、他言できることではないだろう」

「勘次郎はお夏様といっしょのところを、富永家の下女に見られているといったな」

「うむ」

「その下女は勘次郎のことをどこまで知っているのだろうか？」

「さあ、それは……」

「もし、その下女が家中の者に話をしておれば、いずれおぬしの屋敷を訪ねて行くのではないか。そうでなくとも、勘次郎が士学館の門弟であるのをお夏様はご存じだ。士学館で調べれば、勘次郎のことはすぐにわかる」

「そうなのだ。勘次郎のことがわかれば、おれのこともわかるということだ」

勘之助は「はあ」と、深いため息をつく。

「とにかくお夏様がご無事であるかが気になるが、それはおぬしのほうで何とか調べがつかぬか」

「調べようがないだろう。女の死体が見つかったという話には聞き耳を立てているが、今日までそんな話はない」

「……富永様のお屋敷は愛宕《あたご》下三斎小路であったな」

「さようだ」

「よし、おれがひと肌脱いで調べよう」

「清兵衛、頼む。おぬしだけが頼りだ」

勘之助は膝をすって下がると、深々と頭を下げた。こんなことは後にも先にも初めてのことである。

「勘の字、覚悟だけはしておくのだぞ」

勘之助はさっと顔をあげた。

「腹を切る覚悟だ。いざとなったら、他に手立てはなかろう。大杉家を終わらせないために取る道は、それしかないのだ」

勘之助は凝然と目をみはり、黙り込んだが、

「いざとなれば……」

と、口を引き結んだ。

本湊町の自宅に帰った清兵衛に、

「あら、お酔いではないですわね。大杉様とごいっしょだから、てっきり千鳥足かと思っていましたわ」

と、安江がからかい半分の声をかけてきた。

「さほど飲まなかったからな」

「それで、どんなご用だったのかしら？」

近頃、他人との会話が少なくなったせいか、安江は詮索《せんさく》してくる。

「つまらぬ愚痴を聞かされただけだ。おかげで疲れた」

そういっておくしかない。

「まあ、殿方の愚痴は、女の愚痴より質《たち》が悪いと申しますからね。よほどいやなことでもあったのでしょうか」

安江は着替えをしている最中もそばを離れず話しかけてくる。清兵衛は帯を解き、浴衣に着替える。脱いだ着物を安江が丁寧に畳む。

「あやつにもいろいろ面倒なことがあるのだ。それにしても聞き役は疲れる。今夜は早く横になろう」

「疲れやすいのは歳のせいかもしれません」

安江はいわなくてもよいことをいって部屋を出て行った。ひとりになった清兵衛は、やれやれと、そのまま腰をおろして胡座をかいた。

じっと宙の一点を見据えると、弱り切った勘之助の顔が浮かぶ。事情が事情だけにしかたないだろうが、何とかしてやらなければならぬ。

願わくばお夏様がお元気な姿で、富永家にお戻りになっていることだが、それはたしかめようがない。

万が一、身投げや自害などされているなら、勘之助の身は安泰ではない。大杉家を絶やさず、家督を長男の勘右衛門に譲りたければ、次男の不始末は一家の主《あるじ》である勘之助がその責を負わねばならない。

代々町奉行所与力を継いできた大杉家を絶やさぬ窮余の一策は切腹なのだ。

（あやつが切腹……）

清兵衛は胸のうちでつぶやき、いやな妄想を振り払うようにかぶりを振った。

五

富永主税の屋敷は、外堀に架かる新《あたら》シ橋《ばし》から愛宕下の通りを南へ向かい、近江《おうみ》水口《みなくち》藩加藤能登守上屋敷の先を右に曲がった小路にあった。

およそ六百坪ほどの屋敷である。町奉行所与力の拝領屋敷とは、門構えからして格のちがいは歴然だ。塀越しに鳥のさえずりが聞こえてくる。

当主は御小姓組組頭、役高一千石取りの大旗本。屋敷には近習並の家士が五、六人はいるはずだ。それに中間・小者・女中、そして家族を含めると十五人ほどの所帯であろうかと、清兵衛は勝手に推量する。

人通りのほとんどない閑静な武家地なのであまりうろうろできないし、町屋とちがって屋敷を見張る場所もない。

先ず以て調べたいのは、お夏様が無事であること、屋敷に戻られているか否かである。

（どうやって調べる）

清兵衛は富永家の門前を通り過ぎながら考える。まさかお夏様はいらっしゃるか、と訪ねていくわけにはいかない。

お夏様の実家はどこであろうか？

そのことにはたと気づいた清兵衛は、まずはそちらを調べるべきだと立ち止まって、富永家の屋敷を振り返る。当然、実家は富永家の者が調べているだろうが、たしかめるべきである。

お夏様を知っているのは、勘之助の次男・勘次郎である。勘次郎に会わなければならない。ついでに他にも聞くべきことがある。

清兵衛は三斎小路をあとにして、八丁堀に足を向けた。

吟味方の詰所は町奉行所の玄関を入って左側、お白洲《しらす》のそばにある。隣は詮議所で例繰方《れいくりかた》の詰所も近くにある。

勘之助は詰所に詰めてはいるが、落ち着かなかった。仕事も手につかない。他の与力と同心は静かに事務仕事をこなしている。吟味方の仕事は公事《くじ》の審理と審査、刑事事件の精査と最終執行に関する事務を取り扱うことで、ときに奉行の裁きを待たずに判決を下すこともある。

捕り違いや吟味違いがあってはならないので、神経をすり減らす仕事である。

勘之助の文机《ふづくえ》には牢屋敷と大番屋からまわってきた口上書《こうじょうがき》や口書《くちがき》が積まれているが、目は字面を追うだけで仕事は捗《はかど》らない。

女の死体が見つかっていないかと気になり、厠《かわや》に行くついでに同心詰所に立ち寄っては、新たな禍事《まがごと》が起きていないかと聞き耳を立てる。

女の死人が出ていないことを知ると、ほっと胸を撫で下ろし詰所に戻るが、気が気でない。すでにお夏様は死んでいて、誰にも発見されていないだけかもしれない。しかし、死体はいずれ誰かが見つけるのが相場だ。

お家存亡の危機に瀕している勘之助はやはり尻が据わらぬ。清兵衛はどこまで調べているだろうかと、そのことも気になる。

目の前の書類をめくっていると、がらりと襖が開き、

「大杉様はいらっしゃいますでしょうか？」

と、見習い同心が詰所入り口で跪《ひざまず》いていた。勘之助はかたい顔を振り向ける。

「何用だ？」

「はは、平間《ひらま》様がお呼びでございます」

勘之助はくわっと目を見開き、表情をさらにかたくした。心の臓も激しく脈打つ。

平間とは年番方与力の平間助左衛門《すけざえもん》だ。与力の筆頭で、新しい奉行が着任するとその指導にあたり、奉行所全般の取締りから金銭の出納保管《すいとう》の他、同心諸役の任免なども行う。与力の最古参がついており、員数は三騎だ。

いずれ勘之助も、年番方に出世したいという思いがある。だが、いまはそんな

場合ではない。

もしや、富永家から連絡があったのではないかと不安になる。

「何用であろうか……」

呼び出しに来た見習い同心に、平生の顔で問うが、心の臓がドキドキと鳴っている。

「ご用の向きは存じませぬが、お待ちでございます」

「すぐにまいる」

勘之助は気持ちを落ち着けようと、息を吐いて吸い、よろりと立ちあがった。

何だか生きた心地がしない。富永家から連絡があれば、詮議を受けることになる。もしさようなことなら、愚息の勘次郎を呼び出さなければならない。勘次郎はいいつけを守り、組屋敷でおとなしくしているはずだ。

勘之助は廊下を右へ左へと辿る。年番方の詰所は玄関を入った右奥にあるから、吟味方の詰所からは遠い。

廊下を歩き進むうちに登城している奉行のことが気になった。

（もしや……）

御小姓組の組頭は、御城内の菊間南御襖際詰《きくのまみなみおふすまぎわづ》めである。お奉行は芙蓉間《ふようのま》に詰める。果たしてそれが御城内のどこに位置するのか、勘之助には想像もできないが、同じ御城内である。

富永主税様が奥方の件を、お奉行に相談をされたとなれば、城から使いがやってきたのかもしれない。当然、その使いは年番方与力に用向きを伝えるはずだ。

(まさか)

勘之助は立ち止まって顔色をなくした。

それでも拳《こぶし》をにぎり締め、いまにも震えそうな体を硬直させ、丹田に力を入れた。

「大杉勘之助、罷《まかり》り越しました」

年番方詰所の前で跪き声をかけると、さっと襖が開かれた。

六

「お入りくださいませ」

勘次郎の返事があり、目の前の襖が開けられた。

「しばらくであるな」

清兵衛は奥座敷に入ると襖を閉めてから声をかけた。

「お久しゅうございます」

頭《こうべ》を垂れる勘次郎はかたい表情で応じた。

清兵衛は閉めた襖の背後をちらりと見た。家の者にはかまわなくてよい、勘次郎に少し話があるだけですぐに辞去する旨を伝えてある。

「会いにまいったのは他でもない」

清兵衛は声を抑えて口を開いた。

勘次郎はかたい表情のまま小首をかしげる。

「勘之助から話は聞いている。富永様の奥方のことだ」

勘次郎ははっと息を呑み目をみはった。もう二十歳になるが、幼い頃からの美貌は衰えていない。

「なんとしてでもお夏様を捜さなければならぬ。富永様のお屋敷まで行ってきたが、直接訪《おとな》うわけにもいかぬし、そのまま引き返してきたところだ。そこでいくつかたしかめたいことがある」

「どんなことでございましょう」

「そなたとお夏様の間柄を富永家の下女が知っていると聞いたが、どこまで知っているのだろうか？」

「桜木様、わたしはお夏様の話し相手になっただけで、決してやましい関係ではありません。あの下女はわたしとお夏様がいっしょのところを何度か見ていますが、清き仲であることも知っています」

「その下女に思いちがいをされてはおらぬだろうな。そのことが気になるのだ」

「それは……」

勘次郎は短く視線を彷徨《さまよ》わせてから、ないはずですと答えた。

「お夏様から相談を受けたと聞いたが、それは愚痴だったのだな」

「そうです。お夏様はご亭主の富永様と相性が悪いのだと思います」

「どんな話を聞いた？」

「それは……」

勘次郎は一度口を引き結んで躊躇《ためら》った。

「他言はせぬ。これは大事なことだ。お夏様の身が容易ならざることになっておれば、そなたも勘之助も安泰ではおれない。悪くすれば大杉家が絶えることになる」

「そのこと重々承知しております」

勘次郎は蒼白な顔で答える。

「お夏様はどんな愚痴をこぼされた？」

「その殿様が厳しい方で、息苦しいとか……殿様の子が懐《なつ》いてくれず、冷たくもされているとか、姑様にいびられるとか……家風が合わないのだとおっしゃいました。わたしはそんな話を聞かされただけで、返事のしようもありませんでした」

「うむ」

「できることなら離縁してもらいたいとも……」

「お夏様はそなたに、いっしょに逃げてくれとおっしゃったと聞いたが、まことか？」

勘次郎はうなずき、

「そんなことはできないと、はっきり申しました」

と、泣きそうな顔でいう。

「もちろんあってはならぬことだから、当然のことであろう。お夏様は後添いらしいな」

「さようです。お父上は御書院番の組衆だと聞いています」

「富永様の先妻はどんな方だったのだろう？」

「御小姓組の番頭《ばんがしら》のご息女だったと聞きました」

清兵衛は「ふむ」と、うなずいた。富永主税は組頭。その上の番頭の娘を嫁にしていたなら出世の望みがあったかもしれない。しかし、その妻は先立ち、後添いのお夏様は格下の組衆の娘。

富永主税の出世願望が強ければ、お夏様はその力にはならない。体面上の妻ということになる。お夏様は富永家において大事に扱われていないのかもしれない。そうであれば、お夏様が愚痴をこぼされるのも理解できる。

「それでお夏様のご実家がどこであるか、それは聞いておらぬか？」

「それはわかりません」

「ならば、お夏様についていた下女の名は何という？」

「聞いておらぬか……」

勘次郎は黙したまま視線を泳がせた。

「……たしか、おまちだったと思います。お夏様がそう口にされたのを一度だけ聞いています。わたしの覚えちがいでなければ、おまちだった気がします」

「歳や面相、容姿などはどうだ？」

「歳は四十ぐらいでしょうか、小太りで丸顔でした。眉が少し垂れていて、鼻が低かったように思います」

「お夏様の親の名を知っているか？」

「いえ、わかりません」

そうなると、お夏様の実家のことはわからぬということになる。

「お夏様の行きそうな場所に心あたりはないか？」

だめ押しで聞いたが、やはり勘次郎の首は横に振られた。

「桜木様、お夏様は見つかるでしょうか……」

身を乗り出す勘次郎は、すがるような顔を向けてくる。

「見つけねば落ち着かぬであろう。無事であることを祈るばかりだ。それに、お屋敷にお戻りになられているやもしれぬ。そうであることを願うが、たしかめようがない。そうだ、そなたはいつもお夏様とどこで会っていたのだ？」

「最初に会ったのは、紀伊国橋の東詰にある茶屋の前でした。それで、その同じ茶屋で何度かお目にかかり、別れる際につぎはどこどこでという話になりました。そうは申しても、あかるい日中のことで、木挽町の通りにある菓子屋か茶屋でした」

「最後に会ったとき、つぎにどこどこで会うという約束はしていないのだな」

「はい、あのときはしませんでした。いつもお夏様からいわれることなので、わたしからお誘いすることはありませんでした」

勘次郎は潔白である。清兵衛はそう信じた。

しかし、お夏様が無事でなければ、勘之助と勘次郎ばかりでなく、大杉家そのものが消えるかもしれぬ。

勘次郎と別れた清兵衛は、再び三斎小路にある富永主税の屋敷に向かった。

七

富永主税の屋敷近くまで来たが、身を隠すところがない。これでは見張ることはできぬと、独りごちる清兵衛は進退窮まり、愛宕下の通りに引き返した。しかし、そこにも見張る場所はない。

おまちという下女に会いたいが、これではいかんともしがたい。

よく晴れた空で鳶《とび》が気持ちよさそうに舞っている。もう初夏であるから、鶯の鳴き方も様になっている。そんな声が旗本屋敷や大名屋敷から聞こえてくる。

股引《ももひき》に半纏《はんてん》、腰に大福帳を提げた男と行き会ったのは、そのときであった。商家に雇われている御用聞きだ。

「しばらく、しばらく……」

清兵衛は御用聞きを追いかけて声をかけた。

「なんでございましょう？」

両の眉が一本に繋がっているような顔をしていた。

「このあたりの屋敷を訪ねているのであろうが、富永主税様のお屋敷へ出入りはしておらぬか？」

「富永様でございますか……」

御用聞きは目をしばたたいてから、「いいえ、存じあげていません」と答えた。

清兵衛はがっかりしたが、この男と同じような御用聞きがいるかもしれないと思い、近くの武家地をいつもの散歩のように歩いた。なるべく富永家から離れないようにする。

それにしてもどこのお屋敷も大きい。どこも幕府重職にある旗本の屋敷だ。大名屋敷とは比べられないが、八丁堀の与力組屋敷に比すれば、どこも五、六倍はあるだろうか。塀からのぞく松や竹、あるいは新緑の若葉をつけた楓《かえで》や欅《けやき》も様子がよい。

そうだ、富永主税様は御小姓組の組頭であるから、毎日登城されているはずだ。屋敷からどうやってお城まで通われるのかと考えた。おそらく外堀に架かる虎御門を使われるはずだと見当をつけた。

そうであれば虎御門のそばで待てばよいか。そこまでの思いつきはよいが、富永主税様のお顔がわからぬ。わしとしたことがへまな考えをと、太股のあたりをぺしりとたたく。

虎御門に足を向けていた清兵衛は、きびすを返して富永家のほうに戻る。

（いったい何をやっておるんだ）

胸のうちで愚痴を漏らす。これではいっこうに調べが進まぬ。お夏様の安否さえわからぬままだ。

うろうろしているうちに腹が減ってきた。

富永家から最も近い町屋は、一町も歩かない西久保《にしくぼ》新下谷町《しんしたやちょう》である。一軒の茶屋に入り、ささっとかき込める茶漬けを注文する。目の前を愛宕権現への参詣客と思われる数人の町人が去って行き、一目で江戸勤番とわかる侍三人が通り過ぎた。さらに背中に風呂敷を担いだ行商人が、富永家のある三斎小路に入っていった。

茶漬けをすすり込み、茶を飲んで小腹を満たした清兵衛は、そのまま富永家へ足を進めた。屋敷の前へ行ってもお夏様に会えるわけでもなく、当主の富永主税様にも会えるわけでもない。

ただ、屋敷に雇われている家士か中間、あるいは小者に会えるならという思いがある。角を曲がって三斎小路に戻った。人通りはなかった。空虚な道がまっすぐ延びている。突き当たりは大名屋敷の海鼠塀《なまこべい》だ。そこで道は両側に分かれる。さて、突き当たりを右へ曲がろうか、左へ曲がろうかと考えて立ち止まり、富永家の長屋門を眺める。要はこの屋敷にお夏様が戻られているか、行方知れずのままなのか、それをたしかめることができればよいのだ。だが、それができぬのがもどかしい。

再び歩を進めようとしたとき、表門脇の潜り戸がギィと音を立てて開いた。中間とおぼしき年寄りと、女が出てきた。清兵衛の目がその女に留まった。

（おまちでは……）

勘次郎から聞いたおまちの容姿は、四十歳前後の小太りで丸顔、垂れ眉で鼻が低いというふうだった。だが、体つきはおまちのようでも顔が見えない。二人は揃って清兵衛の向かうほうへ歩き去る。

清兵衛はあとを尾《つ》けた。二人は突き当たりを左へ曲がり、つぎの辻を右へ曲がった。両側は大名屋敷でまっすぐ東へ行けば、芝口三丁目だ。

しかし、二人はその途中にある桜田備前町《さくらだびぜんちょう》に入り、そして先にある桜田久保町《くぼちょう》の生薬屋《きぐすりや》に入った。と思いきや、女のほうがすぐに出てきた。

（おまちだ）

垂れ眉に鼻が潰れたように低い。歳も四十ほどに見える。

おまちはややうつむき加減に歩き、少し先にある蠟燭線香屋を訪ねた。

（蠟燭と線香……）

何だかいやな予感がする。

店のそばで待つと、買い物を終えたおまちが風呂敷包みを抱くようにして出てきた。

「しばらく」

声をかけると、おまちは驚いたような顔をして立ち止まった。

「つかぬことを訊ねるが、そなたは富永主税様のお屋敷にいる女中ではないか」

「あ、はい」

「わたしは桜木清兵衛と申す。富永様の後添いに入られたお夏様の、お父上に世話になった者だ。近くまで来たのでお顔でも拝んで行こうと思うておるのだが、お夏様はいらっしゃるだろうか」

よくもまあ適当な嘘が口をつくものだと、我ながらあきれるが、いかにももっともらしいと感心もする。

「いまは……」

おまちは視線を泳がせた。困惑顔だ。

「いまはなんだね？」

清兵衛は一歩近づいて問う。

「その、お出かけになっていらっしゃいます」

「お帰りは遅いのだろうか？」

「……さあ、どうでしょうか。あの、急ぎますので……」

「ちょっと待て」

清兵衛は引き止めた。

「今朝はいらっしゃったのか？」

おまちは視線を泳がせ、こくんとうなずいた。

「では、夕刻にはお帰りになるのだな」

「……だと、思います」

嘘の下手な女だ。

清兵衛は、お夏はまだ屋敷に戻っていないと確信した。

八

その日の夕刻、清兵衛は勘之助の顔を眺めていった。

待ち合わせをした呉服橋からほどない元大工町の茶屋だった。

「しかし、お夏様はお戻りでないのであろう。そのおまちという下女は線香と蠟燭を買ったのであろう。仏前に供えるためのものではないか……」

勘之助はお夏が死んで、富永家がひそかに葬儀をあげたと、悲観的な推量をしているのだ。清兵衛はあきれたように首を振って声をひそめた。

「勘の字、おそらくお夏様は生きていらっしゃる」

「ならばどこにいらっしゃるというのだ」

勘之助はうつむけていた顔をあげて、清兵衛を見る。

「気を落とすな」

「それはわからぬ。おまちはわたしに嘘をついた。おそらくきつく口止めをされているのだろう。だが、考えてもみろ。富永様は大身旗本。そんな方の奥方が出奔したとなれば、富永様にとっては一大事。御小姓組組頭の体面を保てなくなる。妻女に逃げられた男、妻女の管理もできない夫などと揶揄《やゆ》されることは必定。おぬしと同じように、富永様も落ち着かない日々を過ごしておられるはずだ」

「そうはいうが、もし、そのおまちという下女が勘次郎のことを話しておれば、ただではすまぬのだ。そうではないか」

「これ、声が大きい」

注意された勘之助は、ハッとなってまわりを見た。二人は茶屋の片隅にいるのだった。葦簀《よしず》の隙間から漏れ射す光の筋が、勘之助の顔に縞目を作っていた。

「おまちだけではない。もし、お夏様が勘次郎のことを富永様に話されていたとしても大事だ。だが、いまのところその気配はない。そうであるな」

「ま、そうではあるが……清兵衛、おれはもう生きた心地がせぬ。今日、突然年番方に呼ばれて、もしやお夏様のことではないかとヒヤヒヤしたのだ。さいわい、別の用件であったから胸を撫で下ろしたが、仕事は手につかぬし、じっと座っていることもできぬ」

「情けない。死ぬのが怖いか」

「……怖い。あたりまえだ」

「肚《はら》を括っておれ」

清兵衛は真顔を勘之助に向け、目に憐憫《れんびん》を込めて言葉をついだ。

「おれも一度は死のうと覚悟した。労咳《ろうがい》を疑われたときだ。おれは介抱をしてくれる安江にうつしているのではないか、生きていればもっと多くの者に病気をばら撒くのではないかと危惧した。そういうことならば、腹かっさばいて果てたほうが世のためであると考えた。あのときは死など怖れなかった」

「…………」

「しかし、安江がおれの思いを察したらしく、おれが死んだあとで、自分が発《ほっ》病《びょう》したらどうする、自分も自害しなければならないのかと、いつにない口調で問われた。そのことで思いとどまりはしたが、切腹を怖れはしなかった」

「おぬしの場合と、おれの場合はちがうであろう」

「切腹は同じだ」

「きさま、どうしてもおれに腹を切れと申すか」

勘之助は恨みがましい目を向けてくる。

「そうはいっておらぬ。いざとなったときの心構えをいっているだけだ。武士であるなら命を惜しむことはない。そうであろう」

「ま……」

「だが、案ずるな。お夏様は生きていらっしゃるはずだ。おれはそうにらんだ」

「まことか……」

「おまちに会ったことは話したが、あの女は正直者だ。おれの問うことに偽りを申した。今度おまちに会《お》うたら真実を打ち明けてもらう」

「今度というのはいつだ？」

「明日にでも会いたい。そのためには勘次郎の助《すけ》がいる」

「明日、おれは非番だ」

「おぬしではいかぬ。勘次郎がよい」

「いったいどういうことだ」

「まあ、おれにまかせておけ。だが、おれのいうことを勘次郎に聞いてもらい、明日の朝待ち合わせをしたい」

「何をいえばよい」

勘之助は切羽詰まった顔で身を乗り出してきた。

清兵衛は短い指図をした。

清兵衛と別れた勘之助は自宅屋敷に帰るなり、奥座敷に勘次郎を呼びつけた。

「明日、清兵衛に会ってもらう。ただし、普段の身なりではない。股引に素足に草履《ぞうり》、腹掛け半纏で出かけるのだ。髷も町人髷に結い直せ」

「何故、さようなことを……」

勘次郎は目をまるくする。

「わしにもわからぬ。清兵衛になにか考えがあるらしい。とにかくさようなことだ」

勘次郎は短く思案顔になったあとで、

「それでお夏様はご無事なのでしょうか?」

と、気が気でない顔を向けてくる。

「清兵衛がいうには無事らしい。おまちが嘘をついたともいっておったな」

「あの下女が嘘を……」

「わしにもよくわからぬことだ。だが、ここは清兵衛が頼りだ。いま申したような身なりになり、明日の朝、五つ（午前八時）に汐留橋《しおどめばし》際にある『糀屋《こうじや》』という

「茶屋に行け。清兵衛が待っている」

「……承知いたしました」

勘次郎は畏まって返事をすると、そのまま奥座敷を出ていった。

ひとりになった勘之助は、燭台の炎を見つめた。この火もいつかは消える。おのれの命もいつの日か潰《つい》えるときが来る。

その日、清兵衛にいわれた一言が胸に応えていた。

――武士であるなら命を惜しむことはない。そうであろう。

たしかにそうである。だから、勘之助は絶句した。

（だがのう清兵衛、まだ死にとうないわい。切腹などいやじゃ。腹を切る勇気などわしは持ち合わせておらぬ）

揺れる炎を見ながら胸のうちでつぶやくが、大杉家が潰れることを考えると、思いは複雑になる。勘之助は頭を掻きむしった。

九

翌朝、清兵衛は汐留橋際にある「糀屋」という茶屋で麦湯を飲んでいた。約束の刻限より、小半刻(約三十分)ほど早く着いていた。ときどき木挽町の河岸道に目を向ける。

そろそろ勘次郎がやってくる頃である。

さっきまで登城する旗本や大名家の家臣の姿が多く見られたが、いまは町人や職人たちが多く行き交っていた。近くの米問屋から俵物を満載した大八車《だいはちぐるま》が、汐留橋をわたっていったあとで、勘次郎らしき男の姿が河岸道にあらわれた。股引に腹掛け、膝切りの小袖、梵天帯《ぼんてんおび》に草履というなりは、どこから見ても商家の使用人か職人にしか見えない。髷も変えているが、白皙《はくせき》の美貌は町の娘の目を惹く。

「遅くなりました」

勘次郎はそばにやってきて頭を下げた。

「いやいや、見ちがえるほどだが、そのなりはそなたの上品な顔には不釣り合いであるな。だが、まあよいだろう」

「桜木様、それでどうすればよいのでしょう?」

「まあ、道々話そう」

清兵衛は立ちあがると、そのまま汐留橋をわたり、富永家のある三斎小路を目ざす。

「昨日おまちと立ち話をしたが、嘘をつかれた」

「嘘を……」

勘次郎が顔を向けてくる。

「うむ。お夏様が屋敷におられるかどうかを訊ねたのだが、曖昧《あいまい》な返事をした。夕刻にはお帰りかと問えば、さあどうでしょうと首をかしげた。あれは苦しい嘘をいっている顔であった。風烈《ふうれつ》廻りにいたわしの目は誤魔化せぬ」

「すると、お夏様はやはり屋敷にはいらっしゃらない」

「おそらくそうであろう。だが、おまちは何か知っているはずだ。今日はそのことをたしかめる。ところで、お夏様の実家のことをそなたはどこまで知っておる」

「それはまったく存じていません。さような話はしませんでしたので……」

するとやはりお夏様の実家のことはわからぬままか。まあ、致し方ないと、清兵衛はあきらめる。

「おまちはそなたのことを知っているのだな？」

「話したことはありませぬが、知っています。ですが、わたしの父上のことは話しておりません」

これは大事なことであるし、万にひとつお夏様が死んでいたとしても唯一の救いだが、安心はできない。なにより勘次郎が蜊河岸の道場、士学館に通っているのをお夏様はご存じなのだ。もし、公儀目付が動けばたちどころに勘次郎のことはわかってしまう。懸念するのはそこである。

「それでわたしはどうすればよいのでしょう?」

「屋敷を訪ね、おまちを表に連れ出すのだ。うまく連れ出すことができたら、わしの待つ茶屋に連れてこい。そのあとはわしが話をする」

「それだけでよいので……。しかし、どうやって連れ出せばよいのです」

「おそらくおまちはそなたを見て驚くはずだ。そして、こういうのだ。お夏様がおまえに大事な用があるらしいと……。そのとき、おまちがお夏様はお屋敷にいらっしゃると答えれば、そのまま帰ってこい。用はそれで終わりだ。無事にお夏様がお屋敷でお過ごしなら何の心配もいらぬからな。しかし、そなたの誘いに乗ってくるなら、おまちはお夏様の居所を知っているはずだ。そのことをそなたに話すかどうかはわからぬが……」

「できるでしょうか?」

「そのためにそんななりをさせたのだ。お家存亡の瀬戸際、黙ってわしのいうとおりにするのだ。やれるな」

勘次郎はかたい表情のままうなずいた。

三斎小路を入ると、清兵衛は付け足した。

「屋敷には勝手口がある。そこから声をかけるのだ。おぬしは御用聞きだ。酒屋の使いだとでもいえば、誰かが出てくるだろう」

「おまちでなかったら、どうすれば……」

「おまちに頼まれたことがあるので呼んでくれといえ。その辺は機転を利かせろ。なんとしてでもおまちと話をしなければならんのだ」

「……わかりました。……やってみます」

「わしは屋敷のすぐ先にある、西久保新下谷町の茶屋で待っている」

清兵衛はそのまま富永家の表門を通り過ぎた。勘次郎は脇道に入り、屋敷の勝手口へ向かった。

勘次郎はドキドキしていた。慣れないことなので、胸の鼓動が騒ぎつづけている。勝手口の前に来て、大きく息を吸い、そして吐いた。

（落ち着け、落ち着くのだ）

と、おのれにいい聞かせる。それから足を踏み出し、勝手口の扉をたたいて声をかけようとしたときだった。いきなりその扉が開いたのだ。

「うわっ」

驚いて飛びすさると、出てきた男が怪訝《けげん》な顔をして、

「何かご用で……」

と、声をかけてきた。身なりから屋敷雇いの中間か小者と思われた。

「いや、あ、その、酒屋の使いなのですが、おまちさんはいらっしゃいますか？その……おまちさんに頼まれたことがあるのです」

「はあ、酒屋の……」

男は訝しそうに首をかしげたが、すぐに呼んでくるといってまた屋敷のなかに消えた。その男はすぐに戻ってきて、先に表通りに歩き去った。そして、おまちが姿をあらわし、勘次郎を見て目をしばたたき、「あ」と、小さな驚きの声を漏らした。

「覚えておいてくれたか」

「あ、はい」

「お夏様から大事な用を賜ったのだ。おまえにどうしても話したいことがあるらしい」

「え……」

おまちはさらに驚き顔をした。

「奥様がですか……すると、大杉様は奥様と……」

返答を聞いた勘次郎は、お夏様が屋敷にいないのを確信した。

「とにかく少し話をしたい。暇をくれぬか」

「あ、でも、いえ。あ、はい、わかりました」

おまちは狼狽《うろた》え顔で屋敷を振り返り、そして勘次郎を見直してから、

「すぐにまいりますので……」

そういって屋敷のなかに戻った。

十

茶屋の床几に座っていた清兵衛は、勘次郎とおまちの姿を見ると、すっくと立ちあがった。二人が徐々に近づいてきて、清兵衛に気づいたおまちが驚き顔をし

た。

「おまち、昨日は無礼であった」

「あ、いえ」

おまちは小さな体を折って恐縮する。

「お夏様のことで話をしたい。寸刻付き合ってくれぬか」

「あまり遅くなると怒られます」

おまちは落ち着きのない顔で応じた。

「手間はかけぬ」

清兵衛はそのまま南へ歩き、小さな寺の境内に入った。手水場《ちょうずば》のそばで立ち止まると、おまちを振り返った。

「嘘はなしだ。昨日、わたしはお夏様の父上に世話になった者だといったが、あれは嘘である。どうしてもお夏様のことを知りたくて、さように申したまでだ。それで直截《ちょくせつ》に訊ねるが、お夏様は屋敷にはおられないのだな」

「それは……」

おまちは戸惑い顔である。おそらく口止めされているはずだ。

「この男は、屋敷の者の話を聞いている。お夏様が出奔されたという話を」

おまちは目を見開き、金魚のように口をぱくぱくさせた。

「なぜ斯様《かよう》な話をするかそのわけは、ここにいる勘次郎の命に関わる恐れがあるからだ。勘次郎だけではない、勘次郎の父親も同じだ。もし、お夏様が勘次郎に唆されて出奔したと富永主税様がお考えなら由々しきことになる。おまち、昨日そなたはわたしにお夏様はお出かけになっており、夕刻にはお帰りになると申したな。お帰りになったか？」

清兵衛はまっすぐおまちを見る。おまちはその正視に耐えられずにうつむく。

「お夏様はまだお帰りではない。そうだな」

「……はい」

おまちは蚊の鳴くような顔でうなずいた。そばにいる勘次郎の顔が硬直する。

境内の奥から鶯の声が聞こえてきた。

「そなたはお夏様のいらっしゃるところを知っているのではないか……」

おまちは下を向いたまま口を引き結ぶ。

「お夏様が屋敷を出られたことを、殿様に口止めされているのであろう。そうだな」

「…………」

「お夏様のご実家にも殿様はお訊ねになった。だが、ご実家にも帰っておられぬ。殿様はさぞや慌てていらっしゃるだろう。妻に逃げられたと知られれば、外聞が悪い。お役目にも差し障りがあり、出世にもひびくであろうからな。だが、わたしたちにはそのことに一切の関わりはない。何があっても他言はせぬ。正直に話してくれぬか」

「おまち、頼む。話してくれ。悪くすれば、わたしは父上共々腹を切らなければならぬかもしれぬのだ」

勘次郎がおまちに詰め寄っていった。

「なぜ、勘次郎様が……」

おまちは目をしばたたく。

「もし、お夏様の身に何かあれば、わたしが疑われるのではないか。お夏様はわたしのことを殿様に話されているのではないか。さもなくば、そなたがわたしのことを殿様に話しているのではないか」

おまちはぶるぶると震えるように首を振った。勘次郎は目をみはった。

「殿様は勘次郎様のことをご存じです。士学館のご門弟であるというのも知っていらっしゃいます」

（まずい）

清兵衛が心中でつぶやけば、勘次郎の顔が青ざめる。

「奥様はお可哀想なのです。殿様には厳しくあたられ、ご子息にも冷たくされています。奥様はまるで針の筵《むしろ》に座っているようだ、このまま屋敷で暮らすことはできない、いっそのこと死んでしまいたいと常々おっしゃっていました。そばにいて身のまわりのお世話をしているわたしは、深く同情していました。奥様を逃がして差しあげたい、心の底で逃げてください、と祈るような気持ちもありました。そして、奥様はついにお屋敷を出て帰ってみえなくなりました。わたしはずいぶん責められましたが、知らぬ存ぜぬを貫き通しています」

「殿様は勘次郎に疑いの目を向けられているのではないか？」

清兵衛はおまちを凝視する。

「今日明日にでも士学館に伺いを立てるようなお話をされていました」

勘次郎が救いを求めるような顔を清兵衛に向けた。

「もし、もしであるぞ、おまち。お夏様の身に万が一のことがあれば、潔白である勘次郎がどう弁解しても逃げられぬことになるやもしれぬのだ。殿様は御小姓組の組頭、大身旗本だ。妻に逃げられることは恥である。そのことを隠すために勘次郎が捨て石に使われることになったらいかがする」

「捨て石……」

「殿様が恥をかくのを隠すために、勘次郎に詰め腹を切らせるということだ」

「まさか、そんな……」

「考えられることだ。勘次郎のことを殿様に話をしたのはそなたか？」

おまちは怖れるような顔でかぶりを振った。すると、お夏様ご自身が富永主税様に話をしているということになる。

「お夏様は殿様にどんな話をされたのだろうか？」

「それはわたしにはわからないことです」

おまちは泣きそうな顔で答えて言葉をついだ。

「奥様のお父上は、御書院番組衆で駿府《すんぷ》に在番中でございます。殿様の出されたお手紙への返書が、昨夜届いたのですが、お夏様は駿府にはいらっしゃいません。だから、勘次郎様のことを調べるために、士学館に赴《おもむ》かれるはずです」

「おまち、お夏様はどこにいらっしゃるのだ」

勘次郎が血走った目をおまちに向けた。

「いえ、いうのだ」

「と、東禅寺《とうぜんじ》です。いずれ鎌倉の東慶寺《とうけいじ》に駆け込むおつもりでいらっしゃいます」

「東禅寺というのは、高輪の東禅寺であるか？」

清兵衛だった。

「さようです」

清兵衛はさっと勘次郎を見た。

十一

東禅寺は臨済宗妙心寺派の別格本山である。

お夏様は鎌倉の東慶寺に駆け込みたいとおまちに話している。その東慶寺も臨済宗の寺である。同じ宗派なので、お夏様は東禅寺の住持や高僧に便宜を図ってもらう肚かもしれない。

「とにかく急ごう」

東海道を南下する清兵衛は、勘次郎を見て足を速めた。すでに芝田町八丁目を過ぎ大木戸の近くまで来ていた。

往還の左手に高く上った日の光を受ける江戸の海がきらめいている。大木戸の近くには何軒もの茶屋があり駕籠屋がある。旅人を見送りに来た者がいれば、旅からの帰りを迎えに来ている者の姿もあった。

清兵衛と勘次郎はそんな人には目もくれず、大木戸を過ぎてひたすら歩きつづける。すでに一里半ほど歩いているので、汗が噴き出していた。手拭いは用をなさないほど汗に濡れていた。

「もうすぐだ」

清兵衛が声をかければ、

「いらっしゃるでしょうか？　もしいらっしゃらなければ……」

と、勘次郎は不安の色を隠せないでいる。

「勘次郎、もしお夏様が東慶寺に移られたあとだとしても、心配はいらぬだろう」

「…………」

「東禅寺でお夏様の無事をたしかめることができれば、そなたに向けられる疑念は払拭《ふっしょく》されるはずだ」

「まことにそうなるでしょうか」

「お夏様がご自身の命を断たれたという懸念はあるが……」

「桜木様、心細くなることをおっしゃらないでください」

勘次郎は気弱な顔でぼやいた。

やがて、右手に東禅寺に通じる大門が見えた。二人は門をくぐり本堂につづく坂道を上る。両側に石垣がつづき、ところどころに蔦《つた》や葛《かずら》が垂れている。鶯の声がどこからともなく聞こえてくる。

山門をくぐると広い境内があり、正面に本堂があった。清兵衛はあたりに視線を向け、ひとりの僧侶を見つけた。そのまま近寄って声をかける。

「お夏様でございますか？」

声をかけられた若い僧は清兵衛と勘次郎を見て、短く思案し、思いついた顔になった。

「そのお方でしたら離れにご逗留されているはずです」

清兵衛はほっとした顔を勘次郎に向けてから、

「案内していただけませぬか」

と、若い僧に頼んだ。

そのまま若い僧は本堂をまわり込み、庫裏《くり》のそばにある小さな離れに案内した。

「こちらでございます」

清兵衛は戸口に立って離れをのぞいた。三和土《たたき》に下駄と草履があった。障子が閉められているのでその向こうは見えない。

「ごめんくだされまし」

声をかけると、畳を擦る足袋音《たびおと》がして、障子が開けられた。お夏様であった。

「……勘次郎殿」

お夏様は怪訝そうな顔をしたあとでつぶやいた。

「お夏様、心配していました。生きていらっしゃってよかった」

勘次郎は声を詰まらせた。

「それより、お上がりくださいませ」

お夏様はそういったあとで、清兵衛を見て、

「もしや、勘次郎様のお父上……?」

と、小首をかしげられた。見目麗しい人だ。

「勘次郎の父親の友でございます。桜木清兵衛と申します」

「でも、どうしてここが……。もしや、おまちにお聞きになりましたか。ともかく、お上がりくださいませ」

清兵衛と勘次郎はうながされるまま座敷にあがった。
瀟洒《しょうしゃ》な佇まいで、静謐《せいひつ》な部屋だった。新緑の楓がそよ風に揺れており、庭は青苔で覆われていた。

お夏様は壺を前に活花の途中だったらしく、縁側に芍薬《しゃくやく》と杜若《かきつばた》の切花が置かれていた。

「それで、何故こちらへいらっしゃったのでしょう？」

お夏様は澄んだ瞳を清兵衛と勘次郎に向けて問われた。

「それはお夏様が、出奔されたと知ったからです。わたし、それ以来、生きた心地がしなくて……それで、どうしたらよいのかと、父上に相談をいたしまして……」

勘次郎は必死に答えようとするが、お夏様が生きていた安堵からか、それとも興奮をしているのか、しどろもどろであった。

「よい、わたしが話します」

勘次郎にまかせていられないので、清兵衛はことの経緯を順を追って話していった。

その間、お夏様は端然とした姿で耳を傾けておられた。

「すると、わたしは罪作りなことをしてしまったのですね」

清兵衛の話を聞き終えたお夏様はそうおっしゃり、申しわけなさそうに睫毛《まつげ》を伏せられた。

「殿様は慌てていらっしゃるご様子。まことに奥様は、東慶寺に駆け込むお心づもりでいらっしゃるのでしょうか」

清兵衛はひたとお夏様を見た。

「そのつもりでした」

「と、おっしゃるのは……」

「この寺のご住職に諭《さと》されたこともありますが、わたしは子を授かったようです」

「子を……」

清兵衛はお夏様の腹のあたりを見た。

「子を授かっている体で、東慶寺には駆け込めません。それに生まれてくる子は、父無子《てなしご》になってしまいます。かくなるうえは苦渋の選択で、屋敷に戻ると決めました」

清兵衛と勘次郎は顔を見合わせた。

「それにいまお話を伺い、人知れずご迷惑をおかけしていたことがわかりました。わたしの至らなさです。富永家に馴染まないのも、わたしの至らなさだということをこの寺で悟りもしました。子を授かった以上、どんな試練にも耐えるしかありませぬ。それが母親の務めでもありましょう。折檻《せっかん》や叱責を受けようが、わたしの戻るところはひとつです。さように覚悟いたしております。そうは申しましても、勘次郎殿……」

お夏様は静かに勘次郎を眺められ、

「お気を揉ませたことと、このとおりお詫びいたします。どうかわたしの我が儘をお許しいただけませんか」

と、両手をついて頭を下げられた。

「そ、それはもう……」

「桜木様にもご迷惑をおかけいたしました。どうかお許しくださいませ」

お夏様は清兵衛にも謝罪された。

「それはともかく、お屋敷にお帰りになるお覚悟なら、早速にも……」

清兵衛が誘《いざな》うような言葉をかけると、

「承知いたしました。これより帰ることにします。その前にご住職に挨拶をしなければなりませぬ。しばしお待ちいただけますか」

清兵衛と勘次郎は本堂前の参道でお夏様を待った。

「よかった。これでまるく収まる」

清兵衛が本心を吐露すると、勘次郎は泣きそうな顔でうなずいた。

しばらくしてお夏様が本堂脇からやってきて、二人をうながした。

「街道に出ましたら駕籠を仕立てまする」

清兵衛はそういって、東海道に通じる坂道を下りはじめた。

十二

愛宕下の通りから左へ折れて三斎小路に入った町駕籠は、屋敷門そばで下ろされた。

駕籠から降り立ったお夏様は、頑丈に閉められている表門を眺めてから清兵衛と勘次郎に顔を向けられた。

「お世話になりました。もうここでよろしゅうございます」

お夏様は小腰を折って会釈をされ、門をたたかれ、

「誰かおりませぬか？　夏でございます。帰ってまいりました」

と、ややかすれ気味の声をかけられた。

門内でいくつかの慌ただしい足音がして、表門が大きく両側に開かれた。

「奥様！」

「心配いたしておりました」

「お待ちかねでございます」

門を開けた中間と小者たちが、口々に叫ぶようにいった。

お夏様はそのままゆっくり足を進められたが、ふいに立ち止まり、勘次郎に顔を向けられ、

「勘次郎殿、あなたに醜い話を聞いていただき感謝しております。あなたのことは決して忘れませぬ。礼を申します」

と、ゆるりと頭を下げ、そして屋敷のなかに姿を消され、門が静かに閉じられた。

いつしか日は西にまわり込んでおり、ゆっくり空を舞う鳶《とび》が笛のような声を落としていた。

「さ、帰るか」

清兵衛は勘次郎をうながした。

勘次郎は「ふう」と、短く嘆息してあとに従った。

二人とも黙したまま歩きつづけた。清兵衛は勘之助のことを考えていた。おそらく首を長くして、自分たちの首尾がどうなったか、落ち着かずに待っているだろう。早く報告して安心させてやらなければならない。

「桜木様……」

それまで黙り込んで歩いていた勘次郎が声をかけてきたのは、八丁堀に入ってすぐだった。清兵衛が振り返ると、勘次郎の顔が西日を受けて朱に染まっていた。

「いかがした?」

「父上には内聞にお願いいたします」

「なんだね」

「わたしはお夏様に一目惚れしたのです。先ほど屋敷前でお別れしましたが、辛うございました。されど口にしてはいかぬこと、思ってはいかぬことだと承知しています。いまはただお夏様の幸せを祈るだけでございます。桜木様、お力添えありがとうございました」

そういった勘次郎の目の縁に盛りあがった涙が、頬をつたい流れた。

「礼などいらぬさ。さ、勘の字が待っているだろう」

清兵衛は勘次郎をうながして歩いた。

（そうか、こやつはお夏様に恋をしておったのだな）

心中でつぶやく清兵衛は微苦笑した。

勘之助の組屋敷の門を入ると、玄関が開いており、式台に勘之助が座っていた。

帰ってきた二人を見ると、裸足のままあたふたと駆け寄ってきて、

「いかがした？　お夏様はどうなった？」

と、狼狽え顔を向けてきた。

「安心いたせ。おぬしは腹を切らなくてよくなった」

「はッ、すると生きていらっしゃったのか」

「お元気だ。無事に屋敷に戻られた」

「ま、まことに……はあ、よかった、よかった」

勘之助は腰が砕けたように両膝に手をついた。

「詳しい話は勘次郎から聞け」

「清兵衛、すまなかった。恩に着る。すぐに帰らずとも茶でも酒でも何でも飲んでいけ。遠慮はいらぬ」

「そうしたいところだが、ちょいと遠出をしたからくたびれた。まっすぐ家に帰ってゆっくりしたいのだ。さようなことだから、ここで失礼する」

「あ、清兵衛」

立ち止まって振り返ると、

「やはりおぬしはいい友だ。感謝いたす」

と、勘之助が頭を下げた。

「水臭いことを……」

言葉を返した清兵衛は、口の端に笑みを浮かべて見返し、そのまま勘之助の屋敷を出た。

安堵の吐息が我知らず漏れた。

見あげた空がきれいな夕焼けに染まっていた。

第二章　名無しの権兵衛

一

「今日はちょいと色をつけておくよ」

「青木屋」の主は、そう言って平多《ひらた》蔵次郎《くらじろう》に手間賃をわたした。蔵次郎は手にした金をしっかり懐《ふところ》にしまい、

「ありがとう存じます」

と、丁寧に頭を下げて言葉を足した。

「つぎの分はまた近いうちに持ってまいります」

「ちょいとあんた、お待ち」

声をかけられた蔵次郎は、青木屋の主を振り返った。青木屋は楊枝屋《ようじや》である。

鍛冶橋《かじばし》に近い五郎兵衛町《ごろべえちよう》にある店で、蔵次郎が頼みにしている稼ぎ口だった。

「あたしゃ頼んでいる手前、いいにくいことだけど、他に職を見つけたらどうだね。楊枝削りじゃ稼ぎは高《たか》が知れている。いつまでもつづける仕事じゃないでしょう。あんたはまだ若いんだ。足が悪いと言っても、ものは考えようだと思うんですよ。余計なお世話ですが……」

そんなこたァいわれずとも百も承知している。だが、蔵次郎は静かに主の市兵衛《いちべえ》を眺め、

「考えてはいるんです」

と、応じただけで店を出た。

我知らずため息が出る。杖をつきながら通りを歩く。手間賃をもらったが、勘定するまでもない。

懐にしまった金の重みはいたって軽い。寝る間を惜しんで楊枝削りをしても、稼ぎは高が知れている。

さりとて他におのれにできそうな稼ぎ仕事は見つからない。蔵次郎はいろいろ考えてはいるのだ。しかし、できそうな手内職といえば、提灯《ちようちん》張り・傘張り・団扇《うちわ》張りなどの張り物仕事。それ以外だと蠟燭の心切り、凧《たこ》作りぐらいだ。

金魚の養殖や朝顔作りなどもあると聞くが、足が不自由ではままならない。結句、自宅長屋での座り仕事となってしまう。

蔵次郎は引きずる右足を庇《かば》うように杖をついて歩く。人に迷惑をかけないように道の端を歩くが、突然、横丁から子供が飛び出してきてよろけたり、前から来る大八車を避けようとして、天水桶《てんすいおけ》に体をぶつけたりすることもある。

それでも何とか歩けるようになったからましである。昨年の暮れに杖を頼りに歩く稽古を重ね、いまは少し遠出もできるようになった。そうはいっても三、四町も歩くと息が切れそうになる。

擦れちがう者たちが白い目で見てくる。なかには露骨《ろこつ》なことをいう者もいる。当人は囁《ささや》き声のつもりだろうが、こっちには聞こえているんだ。怒鳴《どな》りつけてやろうかと思いもするが、怒鳴る自分のことを考えると、かえって滅入《めい》りそうだから堪《こら》えて聞こえないふりをする。

「……のくせに脇差を差してやがる」

と、小馬鹿にする者もいるし、

「いけないことをすると、あの人みたいに足を悪くするよ。みじめになりたくないだろ」

と、子供を諭す母親もいる。

この足さえ元のとおりになればと思うが、もはや望んでも詮無《せんな》いこと。歯を食いしばり、なにくそという思いで蔵次郎は杖をつきながら歩きつづける。

通町《とおりちょう》を横切り、具足町《ぐそくちょう》、柳町《やなぎちょう》と過ぎ、楓川に架かる弾正橋をわたったところで立ち止まり、ひと息ついた。

うっすらと汗をかいていた。手の甲で額に浮かんだ汗をぬぐい、大きく息を吐いて、また歩きはじめた。本八丁堀の通りを進み、ときどき脇道に入る。そこには小店があり、居職《いじょく》仕事をしている者たちがいる。

畳屋、錺職《かざり》、煙管《きせる》師、仕立屋、指物《さしもの》師……。

あらかたあたってみたが、どれもこれもすぐには金にならないというのがわかった。一人前になって賃稼ぎできるまでには、何年も修業しなければならない。もうそんな歳ではないし、修業や見習いの間は無給である。

しかし、ふと興味を持って足を止めたのは、一軒の家の前だった。そこは間口九尺の脇店で、腰高障子と小さな掛け看板があり、「占い」と書かれていた。

（占い……）

内心でつぶやき、居間に座って筮竹《ぜいちく》をじゃらじゃらいじっている男を見た。その前に長屋の女房らしい女が、神妙な顔で座り、話を聞いていた。

占い師は訳知り顔でぶつぶつと、女を諭すように話しているが声が小さいのでよく聞き取れなかった。それでも客の女は納得した様子で、

「ありがとうございました。気をつけてみます」

と、礼を言って幾《いく》ばくかの金を占い師にわたした。それは緡銭《びんせん》ではなく小粒（一分金）だった。蔵次郎は眉を動かした。

ひとり一分、日に四人の客を取れば一両。うまい商売だと思った。

感心していると、客の女が戸口を出てきた。目が合うと、女は小さく会釈をして去っていった。

「ご用でしょうか……」

占い師が声をかけてきた。禿頭で奥目の中年だった。

「少々伺いたいことがある」

蔵次郎はそういって、敷居をまたぎ、上がり框《かまち》の前に進んだ。占い師は蔵次郎の足を見て、それから顔を眺めた。

「どんなことでしょう」

「占い師になるには、いかほどの修業がいるのだろうか？　もしくはそのような

指南書などあるのだろうか？」

「はて、どうしてさようなことを……」

占い師はゲジゲジ眉を上下させた。

「どうやったら占い師になれるだろうかと思ったのだ」

「あなたはお武家様ですか。さようには見えませんが、きっとそうでしょう」

「さようなことはどうでもよいから教えてもらえぬか」

占い師は真剣な顔で聞く蔵次郎を、めずらしいものでも見るように眺めた。

「さては占いを生業《なりわい》にしたいとお考えでござるか」

占い師はそういって首を横に振った。

「なりたいからといって、すぐになれるものではない。少なくとも五年の修業がかかります。あなたはまだお若いようだが、五年の辛抱ができますか……」

できぬ。できるはずがない。五年の間、どうやって飯を食うのだ。

「五年もかかるか……五年も……」

独りごちて肩を落とした。

「さよう。おわかりになりますか」

蔵次郎はこくりとうなずき、きびすを返した。

「御み足が不自由のようですが、お大事になされまし」

敷居をまたごうとしたとき、占い師は憐憫めいたことを口にしたが、心はこもっていなかった。

「邪魔をいたした」

蔵次郎はそれだけを言うと、また杖をつきながら歩いた。自分にできるもっと割のよい稼ぎ口はないのか。そんな仕事はないのか。足が悪いだけで、人はこんなにも不自由しなければならぬのかと、まったくほぞを噛む思いである。

気がついたときには町の外れにある高橋《たかばし》のそばまで来ていた。自分の長屋はこちらではない。蔵次郎は八丁堀に架かる稲荷橋をわたった。擦れちがう者が、奇異な生き物に出合ったような目を向けてくる。それも人を蔑《さげす》む目である。

（どいつもこいつも、おれを馬鹿にしやがって……）

怒鳴りつけてやりたいが、ろくに食事を取っていないのでその元気もない。出るのはため息と臭いの薄い屁ばかりである。

橋をわたったところに茶屋があった。風にそよいでいる幟《のぼり》に「甘味処　やなぎ」とある。店をのぞくと、饅頭と団子の品書き。

（団子でも食っていこう）

蔵次郎はそのまま店の床几に座った。

二

「いらっしゃいませ」

若い女がやってきた。まだ二十歳にはなっていない娘だ。十七……いや、十六歳ぐらいか。人懐こいにこやかな顔をしていたが、

「あの、何かわたしの顔についていますか……」

と、盆を持っていない手で、自分の頬をさわった。

「いや、そうではない。愛らしい顔をしていると思っただけだ」

「あら、いやだァ」

娘は頬を赤くして照れた。

「お客様もお若いですよね。でも、お侍ですか……」

「のようなものだ」

「はあ、のようなもの……」

娘は目をしばたたいた。

「昔はそうだった、ということだ。茶をもらおうか」

「はい」

娘は元気よく答えて板場に下がろうとした。蔵次郎が慌てて呼び止めると、すぐに振り返った。

「団子ももらおうか」

「それなら蓬《よもぎ》のお団子はいかがでしょう。おいしいですよ」

「それでよい」

娘が下がってから品書きを見た。蓬団子は六文、茶が六文……。合わせて十二文。だが、きっちり十二文払う客はいない。少なくとも十文は色をつけるのが相場で、それが習わしになっている。景気のいい客なら五十文、あるいは百文を払う。

ここには田楽《でんがく》もあれば、茶漬けもあるな。蔵次郎の目は品書きに注《そそ》がれる。田楽も茶漬けも食いたい。

だが、手許不如意《てもとふにょい》だ。手間賃をもらったばかりだが、倹約しなければならない。ここはぐっと我慢で、団子を食って帰るかと、あきらめる。

「あの、お客様、団子は一本でよろしいですか」

娘が戻ってきて聞いた。

「ああ、それでよい」

「二本なら茶代はいりませんよ。そっちのほうがお得ですけど……」

娘はそういってにこりと笑う。

「さようか。では、二本もらおうか。あ、一本はみたらしにしてくれるか、それでもかまわぬか」

「ええ、ようございます」

娘はちょこなんと頭を下げて板場に戻った。

蔵次郎は表を眺めながら懐に片手を差し入れ、青木屋の主からもらったばかりの手間賃を指先で勘定した。手触りで一分金なのか一朱銀なのかわかる。財布のなかには小銭も入っている。小銭は緡《さし》を通していないのでばらばらだ。それが百五十文ほどあった。

この店の支払いは十二文だが、二十文は払うべきか……。我ながらしみったれたことを考えると情けなくなるが、切り詰めた暮らしを強いられているので致し方ない。

されど、いまの暮らしをいつまでつづければよいのだ。これでは一生うだつのあがらぬ男になってしまう。どうにかしなければならぬと、ひとり勝手にあれこれ考えるが、なかなか名案は浮かばない。

そんなことをぼんやり考えていると、茶と団子が届けられた。湯呑みをつかんで娘を見た。番茶でも麦湯でもなかったからだ。

「この茶は……」

少し驚き顔で娘を見ると、にこにこと頰をゆるませている。

「せっかくおいしいお団子を召しあがっていただくんです。番茶や麦湯ではもったいないですわ。あ、お代は同じですからね」

ひょいと首をすくめる。悪戯《いたずら》っぽくもあり、愛らしくもある。嫌みのない娘だ。

「すまぬな」

「どうぞ、ごゆっくりしていってくださいまし」

娘はそのまま下がった。

蔵次郎は茶に口をつけ、蓬団子を口に入れた。うまい。これはうまいと、ぺろりと平らげ、みたらしを食した。これもうまい。腹が空いているからそう感じるのか、それともほんとうにうまいのか。みたらしの甘さと、とろっとした舌触りがよい。

これで十二文なら得をした気分だ。またこの店に寄ろうと、蔵次郎は考えた。

しかし、団子を食ったことでさらに空腹を覚えた。腹いっぱい飯を食いたいと思う。

（いや、辛抱だ）

おのれにいい聞かせ、財布のなかの金をまさぐる。十二文では申しわけないから、二十文払っておこうか。蔑まれはしないか、小馬鹿にされはしないかと思う。

娘は気持ちよくもてなしてくれたのだ。貧乏でもここでケチってはいかぬ。

蔵次郎は二十文を床几に置いた。もう少し色をつけるべきではないかと思うが、

「堪忍だ」と心中でつぶやき、杖を持って立ちあがった。

「馳走になった。お代はこれへ」

さっきの娘が気づいて、すぐにやってきた。

「ありがとうございます。またいらしてください」

「団子はうまかった。それに茶もよかった」

「そういっていただけると嬉しいです」

娘はほんとうに嬉しそうに微笑《ほほえ》む。こりゃあもう少し払うべきかと思うが、もう遅い。

「お代はすまぬが、それでお願いする」

「あら、十分すぎますわ。ありがとうございます。どうぞお気をつけてください」

娘はあくまでも邪気がなく明るく、気持ちがよい。

「そなたの名は？」

聞かずにはおれなかった。

「いとです。よろしくお願いいたします」

「おいとか……。わたしは平多蔵次郎と申す。この近所に住んでいるからまた寄らせてもらう」

「はい、お待ちしております」

蔵次郎はそのまま家路についたが、心のうちにあるくさくさしたものを忘れていた。おいとという娘の接客を受けたからだった。

三

「知り合いの客か？」

桜木清兵衛が声をかけると、おいとが驚き顔で振り返った。

「……桜木様、びっくりしましたよ」

「すまぬ、すまぬ。嬉しそうに見送っていたから、知り合いだろうと思ったまでだ」

「いいえ、初めて見えた方です」

「さようか。では、あの客を気に入ったのだな」

「ま、冷やかさないでくださいよ。そんなんじゃありません」

おいとはぷいと膨《ふく》れ面《つら》をしたが、怒っている顔ではなかった。

「茶をもらおうか」

「はい、いますぐに」

清兵衛は床几に腰をおろして、晴れた空を眺め、湊稲荷に視線を下ろした。境内から清らかな鳥の声が聞こえてくる。どこで鳴いているのだろうかと、若葉を茂らせている木々に目を向けるが姿は見えない。

「お待たせしました」

おいとが茶を運んできた。

「鳥の姿が見えぬな」

清兵衛は境内に目を向けたままいった。

「時鳥《ほととぎす》です。わたしも姿を見たことがありません。でも、きれいな鳴き声で心が和《なご》みます」

「そうだな。わたしも心が和む。いい声だ」

清兵衛は茶を喫して、おいとに顔を向けた。

「さっきの客だが、足が悪いのだな。怪我《けが》でもしているのかな?」

「さあどうでしょう。気になったんですけど、聞いて気分を害されるといけないので、黙っていました。でも、お侍だったのですよ。いまはちがうらしいですけれど」

「ほう、するとわたしと同じ隠居ということになるが、それにしては若すぎるな」

「お団子をおいしいといってくださり、また来るとおっしゃいました」

「いい客がついて何よりだ。どれ、わたしもその団子をいただこうか。今日は何がよい?」

「蓬がおいしいと評判です。さっきの方は蓬とみたらしを召しあがりました」

「ではわたしも同じものを……」

おいとは気持ちよい返事をして板場に下がった。

清兵衛は茶を飲みながら湊稲荷を眺める。

時鳥の姿を探そうとするが、やはり見えない。

キョッ、キョン、キョキョキョ……。

（いい声だ）

清兵衛はのんびり顔で茶を飲む。

毎日やることのない隠居である。日課は散歩に出ることだが、妻の小言から逃げているのかもしれぬと、最近思うようになった。

長年連れ添っていれば、夫婦の間に見なくてすむものが見え、いわなくてもよいことを口にするようになる。

聞き流せば、聞いているのですかと責められる。言葉を返せば、その二倍も三倍もの言葉が返ってくる。

（歳を取れば妻も扱いにくくなる）

やれやれと首を振ると、おいとが団子を運んできた。

「これはすまぬ。ほう、蓬の色がよいな。どれどれ……」

早速、蓬団子を口に運ぶ。

「今日はどちらへおいでになるのかしら。それともお帰りですか？」

おいとは清兵衛が隠居侍だというのを知っている。もっとも元北町奉行所の風烈廻り与力だったというのは知らないが。

「天気がよいので鉄砲洲の沖を眺めて来たところだ。これからぶらりと、大川端あたりまで足を延ばそうかと考えているところだ」

「大川端でも時鳥の声を聞けますでしょうか……」

「さあ、どうであろう」

清兵衛は団子を食べて頰をゆるめた。

「蓬のいい香りがする。口中にもその香りが広がってうまい」

「おっかさんが喜びますわ」

板場で腕を揮うのは、おいとの母親・おえいである。

「わたしが褒めていたといってくれ。うん、今日のみたらしもいけるではないか」

おいとは愛らしく破顔する。

そのとき、また湊稲荷の境内から時鳥の声が聞こえてきた。

「いい声だ。さてさて、ぼちぼち行ってみるか。お代はこれへ」

清兵衛は五十文を置いて立ちあがった。

四

「あんたは元はお侍だから遠慮していましたが、四月も家賃を溜め込まれるとわたしの立つ瀬がないのですよ」

やってきた大家は上がり框に腰掛けたまま、蔵次郎に渋い顔を向ける。

「わかっておる。迷惑をかけているのは重々承知だ」

「だったら払うもん払ってもらわないと、他の店子《たなこ》への示しがつかないのですよ。平多さん、何も四月分をいっぺんに払ってくれといっているんじゃないんです。せめて二月分でも納めてもらえませんか。工面できないことはないでしょう」

大家は居間に散らかっている材料の竹や、作りかけの楊枝を眺める。

「ここは相談だ。まずは一月分を払う。今日はそれで勘弁願えまいか。わたしも溜め込んでおきたくはないのだ。払えるようになったら耳を揃えて払うので、今日のところは一月分で勘弁してくれぬか」

大家は顔を流しに向け、短く貧乏揺すりをし、小さなため息をつき、

「わかりました。では、いまここで一月分頂戴できるのですね」

と、仏頂面《ぶっちょうづら》を向けてくる。

「わかった。いま払う」

蔵次郎は脇に置いていた巾着を引き寄せ、店賃六百文を払った。大家は矢立を使って帳面に受け取った印をつけると、

「それじゃ、また来月にはよろしくお願いしますからね」

と、にこりともせずに立ちあがって戸口を出て行った。

蔵次郎はやれやれと、深いため息をつき、不自由になった足をそっとさすった。

(この足さえよければ……この足さえ……)

悔しさと、みじめさ、歯がゆさ、苦しさ、すべてが蔵次郎の心を襲う。

表に目をやる。もう日が暮れかかっている。

戸を開け放しているので、いろいろな声や物音が聞こえてくる。子供を叱るおかみ、赤子をあやしながら子守歌を唄う母親、井戸端のほうでは楽しげな笑い声、下駄音や子供の駆ける足音……。

とーふぃ、とーふぃ……。

長屋の表を流し歩く豆腐屋の呼び声。

蔵次郎は小刀をつかみ、楊枝の材料となる古竹を手にしたが、仕事をする気にならなかった。たまには酒を飲みたいと思う。

(行くか……)

近所に立ち飲みのできる小売り酒屋がある。

小刀と古竹を置くと、財布を懐に差し込み、杖を引き寄せて三和土に下りた。

少しの贅沢だ。どうせ安酒である。

(酒でも飲まなきゃやってられぬ)

自分を納得させて長屋を出た。

その店は表通りにあった。九尺二間の小さな酒屋だ。すでに二人の職人客がいて、冷や酒を飲んでいた。

蔵次郎は隅に行って、まずは一合の酒を注文した。目の前は皮肉なことに彦根《ひこね》藩の蔵屋敷だ。酒が届くと、早速口をつけた。

(うまい……)

滅多に飲まないが、やはりうまい。かーっと喉を鳴らし、人心地がつく。

蔵屋敷を眺めながら、いずれは剣術指南役として藩に召し抱えられることを夢見ていたことを思い出した。そのために江戸に出てきたのだ。

だが、些細なことで足を悪くし、剣術どころではなくなった。挙げ句、楊枝削りをする毎日だ。実入りは少なく、家賃を払うのもままならないばかりか、日々の食事までも倹約している。

（このままでは浮かばれぬ）

我知らずため息が漏れる。酒を飲む。一合六文。下級酒だが、喉から胃の腑に落ちていくのがわかる。

突然、隣で飲んでいる二人の職人が大声で笑いあった。蔵次郎がぎろりとにらむと、笑顔を引っ込め剣呑《けんのん》な目を向けてきたが、すぐに職人同士の話に戻った。

通りを歩く人の影が長くなっており、蔵屋敷の海鼠壁が西日に染められていた。

一合では足りず、もう一合注文する。心持ちがよくなり、頰が火照《ほて》るのがわかった。昆布の佃煮を注文し、さらにもう一合飲んだ。

二人の職人客と入れ替わりに、若い浪人ふうの侍が三人で飲みはじめていた。店が狭いので、五人も入ればいっぱいだ。

徳利を持って酒を買いに来る客がいる。近所の長屋のおかみだったり、使いに出された子供だったりだ。

「おい、邪魔だ」

突然、隣の浪人に声をかけられた。

蔵次郎が見ると、「これだ」といって、壁に立てかけている杖を蹴られた。カランと乾いた音がした。蔵次郎は一瞬にして頭に血を上らせた。

「何をしやがる」

怒りを抑えて相手をにらみ、「拾え」と、命じた。

「何を……拾えだと」

相手は手にしていた一合升を目の前の棚に置き、にらんできた。

「こんなとこに置かれちゃ邪魔だからいったまでだ。それを拾えと、えらそうなことをぬかしやがる」

「おれは聞こえている。邪魔だというなら、手許に引き寄せる。それなのに蹴ったな。蹴ることはなかろう。きさまの刀が邪魔だからといわれて、蹴飛ばされたらどう思う」

「何を四の五のいいやがる。きさま、侍か。そうは見えぬが……」

「こやつ足が悪いんだよ」

隣の仲間が蔑んだ目をしていった。

「拾え」

蔵次郎はもう一度いった。すると、相手は転がっている杖を表に蹴飛ばした。杖はコロンコロンと音を立てて転がった。

「きさま……」

蔵次郎は相手をにらむなり、手にしている一合升に入っている酒を顔にぶっかけた。

「野郎ッ！」

相手は形相を変えると、蔵次郎の胸ぐらをつかんで表に投げ飛ばした。

情けなく倒れた蔵次郎はすぐに立ちあがろうとしたが、酔っているせいでつんのめった。目の前に杖があったので、手を伸ばした。そこで脇腹を蹴られた。口ぎたなく罵られ、さらに蹴られた。蔵次郎はその足をつかんで、相手を倒した。

だが、他の二人が加勢をして、蔵次郎は頭を小突かれ、肩や尻を蹴られた。

「この野郎、えらそうな口をたたきやがって。おれをなんだと思ってやがんだ！」

また蹴られた。蔵次郎は息ができなくなり、腹を押さえてうずくまった。しかし、男たちの暴行はすぐにはやまなかった。

五

清兵衛は日本橋の魚河岸に立ち寄り、鯵《あじ》の開きを買って家路を急いでいた。思いの外長い散歩になったのは、大川端でなかなかうまくならない句を捻っていたせいだった。

（それにしてもこんなに遅くなるとは思いもいたさぬこと）

心中でつぶやきながら足を急がせる。遅くなると、また妻の安江から小言をいわれる。それは何としても避けなければならない。

南八丁堀三丁目に差しかかったときだった。先の道に野次馬が集まっていた。何であろうかと近づくと、ひとりの男が三人の浪人風体《ふうてい》に罵声を浴びせられながら足蹴にされていた。

清兵衛は眉を大きく動かすと、野次馬をかき分けて前に出た。こういったことを見過ごせないのは、元町奉行所の与力だったからではない。弱い者いじめはなんにつけてよくないという正義感がはたらくのだ。

「これ、やめろ！　やめぬか！」

怒鳴り声をあげて、ひとりの浪人の腕をつかむと、そのまま腰にのせて大地に投げつけた。さらに、体の大きな男の襟首をつかんで後ろに引き倒した。

「横槍を入れるんじゃねえ！」

眦《まなじり》を吊りあげて怒鳴ったのは、二十代半ばと思われる撫で肩の男だった。

「何があったのか知らぬが、ひとりを寄ってたかって足蹴にするとは卑怯であろう」

「いらぬ世話だ」

撫で肩はそういって、またうずくまっている男の尻を蹴った。

「やめろといっておるんだ！」

清兵衛が近づくと、撫で肩が殴りかかってきた。清兵衛は半身になってその腕をつかむと、すぐさま後ろ向きにして捻りあげた。

「あ、痛てて……」

「この辺でお開きにするのだ」

清兵衛はそういって撫で肩の腕を放し、そのまま突き飛ばした。刀を抜こうとしたので、清兵衛が鯉口を切って身構えると、

「けッ、興醒めじゃねえか……」

撫で肩はそう吐き捨てると、二人の仲間をうながして京橋のほうへ歩き去った。

それを見送った清兵衛は、うずくまっている男のそばにしゃがんで声をかけた。

「大丈夫であるか」

男は苦しそうにうめき、口の端にあぶくのようなつばを溜めていた。

「だいぶ痛めつけられたようだが、立てるか……」

清兵衛は脇の下に手を入れて立たせようとしたが、

「おかまいなく」

と、男はいって、地面を這うようにして先に転がっている杖を拾い、よろけながら立ちあがった。

清兵衛は小首をひねり眉宇《びう》をひそめた。男の息が酒臭いこともあるが、昼間、茶屋「やなぎ」にいた客ではないかと思ったのだ。

「そなたは……」

「かたじけのうございます」

男は苦しそうな声で礼をいうと、そのまま目の前の小売り酒屋に向かったが、足がよろけて倒れた。くそッと、吐き捨て立ちあがろうとするが、酔っているらしくうまくいかない。

「無理はいかぬ。足を悪くしているのか……」

清兵衛は手を貸してやった。

「どうかおかまいなく」

男は遠慮するが、

「そうはいかぬ。それに、酔っているようではないか。家はどこだ？」

「すぐそばです。礼を申します。自分で歩けますから……」

男は目の前の小売り酒屋の戸柱につかまり、迷惑そうな顔をしていた店の主に勘定だといった。

「あの浪人たち、ただ飲みをして行きやがった」

主は三人の浪人が去ったほうをにらむように見てため息をつき、杖をつく男に二十二文だと代金を口にした。

男は金を払うと、杖をつきながらよろけるように歩く。清兵衛が見ているだけで危なっかしいと思った矢先に、男は天水桶にぶつかった。積んであった手桶がガラガラと崩れて、地面に散らばった。

「見ておれぬ」

清兵衛は男に近寄ると、

「送ってまいる」

といって、男の脇の下に腕を入れた。

男の住まいは表通りから脇道に入ってすぐの裏店だった。酔いと暴行を受けた疲れで男は居間に転がるようにしてあがると、そのまま伸びたように大の字になった。

「水を飲んだほうがよいのではないか……」

清兵衛は柄杓《ひしやく》で汲んだ水を男に飲ませた。

男は呼吸を乱したまま、仰向けになりじっと天井を見ていた。

清兵衛はその様子をしばらく眺め、家のなかを見まわした。調度の品は少ない。居間には柳行李《やなぎごうり》と古竹の束があり、三本の小刀が転がっていた。傷んでささくれた畳には竹の削りカスがあった。

楊枝削りの内職をしているのだと知った。大刀はないが柳行李の上には脇差が置かれている。身なりは職人だが、言葉つきからこの男は侍のようだ。

「やなぎ」のおいとの言葉を思い出した。

――……お侍だったのですよ。いまはちがうらしいですけれど。

おいとはそういった。

つまり、この男は侍から足を洗ったのか、と清兵衛は勝手に考えた。

「少しは落ち着いたかな」

声をかけると、男がゆっくり半身を起こした。

「とんだご迷惑をおかけいたしました。もう大丈夫でございます。ありがとう存じます」

男はそういって頭を下げた。

「わたしは桜木清兵衛と申す。この近くに住んでいる者だ。そなたの名は？」

「……平多、蔵次郎と申します。ご迷惑をおかけし、お恥ずかしいかぎりです」

蔵次郎は頭を下げ、悔しそうに口を引き結んだ。

「特段、怪我はしておらぬようだが、無理はいかぬ。傷みや腫れはまま翌朝出ることがある」

「ご心配痛み入ります。もう大丈夫でございます。こんな恰好で申しわけありません」

蔵次郎は正座ができないらしく、少し横座りの恰好だった。

六

「あら、丁度よい頃合いにお帰りでした」

本湊町の自宅に帰ると、前垂れをつけた妻の安江が笑顔で迎えてくれた。何やら機嫌がよさそうだ。もう表はうす暗くなっているので、小言のひとつ二ついわれるのを覚悟していたが、取り越し苦労だった。

「はい、濯ぎです。今日はどこを歩いて見えたのかしら……」

「大川端まで足を延ばしてきた」

「足腰のためには歩くのが一番らしいですから結構なことです。今夜は鰺の開きを焼きますからね」

安江はそういって台所に戻った。

(何か嬉しいことでもあったのか……)

清兵衛はひょいと首をすくめて足を洗い、奥の間へ行って楽な着流しに着替えた。

「あなた様、鰺のたたきを作りました。お酒の肴にしてください」

台所から安江の軽やかな声が飛んでくる。

「いったいどういうことだ」

清兵衛は独りごちて居間に移った。高足膳に鰺のたたきがのっていた。

「何かよいことでもあったか……」

「何もありませんわ。ただ、魚屋さんがわたしの歳を若く見てくださったのです。まだ三十路《みそじ》にしか見えない、どうやったら若さを保てるのですか、うちの女房に教えてやりたいと……ホホホ。何もしていないのよ、といってやりますと目を白黒させて驚くのです。まあ口のうまい魚屋さんですわ」

（そういうことか）

清兵衛は納得した。おだてられると、女は気分をよくするのだなと思いもする。

「つけますか、それとも冷やでなさいますか？」

安江はあくまでも機嫌がよい。清兵衛は冷やでよいと答えた。

運ばれてきた酒に口をつけ、鰺のたたきに箸を伸ばしたところで、「あ！」と内心で叫んだ。これはとんだしくじりをした。

平多蔵次郎を痛めつけている三人の浪人と悶着になったとき、魚河岸で買った鰺の開きを落としていたのに気づいた。

そして、いま、安江は鯵の開きを七輪で焼いている。

（鯵の開きのことは黙っていよう）

そう思い決めて酒を口に運ぶ。

「何か面白い話はございませんか」

安江がパタパタと団扇で七輪に風を送りながら声をかけてくる。

「面白い話はないが……」

平多蔵次郎のことを話そうかどうしようか躊躇《ためら》った。あの男のことは気になっている。明日の朝にでも様子を見に行こうと、帰りがけに考えていた。

「ないが、なんでしょう？」

「うむ、若い侍に会った。しかし、その男は侍をやめたらしいのだ。いまは楊枝削りをして生計《たつき》を立てている」

「それはどうしたことでしょう。身分を捨てて楊枝削りだなんて、よほど心がけが悪かったのか、人にいえないよほどの事情でもおありなのかしら……まあ、この鯵は脂がよくのっていますわ。きっとおいしいですよ」

安江は鯵を焼くのに余念がない。あまり蔵次郎のことには興味なさそうだ。だから、それ以上の話はしないことにした。

焼いてもらった鯵の開きはたしかに脂がのっていてうまかった。それに大きさもよい。魚河岸で買った鯵より、こっちのほうがよいではないかと思った。しかし、もったいないことをした。あの鯵はどこへ行ったのだろうか。誰かが拾ったか、それとも野良猫がくわえていったか。

「あの魚屋、口達者だわ。そのお世辞に負けて鯵を買ってしまいましたからね。開きだけにするつもりだったのに、たたき用まで買いましたから……」

安江が膳部についていった。笑みが絶えない。

「その魚屋は若いといったらしいが、たしかにそなたは同年配の妻たちより若く見える。肌だってきれいだし、無闇に太りもしない。若い頃とそう変わらぬ」

「あら、心にもないことを……どういう風の吹きまわしでしょう」

安江はそうはいうが、嬉しそうな笑みを浮かべている。

「わたしも少しお相伴《しょうばん》いたしましょう」

そういって自分用の猪口《ちょこ》を取りに立つ。あくまでも機嫌のよい妻である。

これからはおだてることに徹しようか、と清兵衛は心の隅で思った。

「あら、今日はもうお出かけですか……」

台所で片付けをしていた安江が不思議そうな顔をした。清兵衛が外出用の着流しに着替えていたからだ。

「うむ、ちょいと気になっていることがあるのだ。昨夜はそのことをずっと考えていて、なかなか眠れなくてな」

清兵衛は脇差を帯に差し、大刀を手に持ったまま雪駄《せった》に足を通した。

「気になっていることって何でしょう」

「たいしたことではない」

「たいしたことでなければ、気になさることはないでしょうに……」

ま、そうではあるが、清兵衛はすぐに言葉を返せない。言葉は選んで話さなければならぬと思いもする。

「さようであるが、少し気になっている男がいるのだ」

「男……」

安江は前垂れで手を拭きながら目をしばたたく。煙出し窓から差し込む朝日が、その横顔にあたっていてしわを隠している。色白だから、なるほど若く見える。

「近所に住む楊枝削りだ。とにかく行ってまいる」

清兵衛は逃げるように玄関を出た。

表の道に出て、小さな自宅屋敷を振り返り、ホッとため息をつく。正直に話せばよいことだろうが、朝から面倒な話は疲れる。

（これも歳のせいか……）

清兵衛は首を振って歩く。

どこからともなく時鳥の鳴き声。

キョキョキョ、キョッ。テッペンカケタカ……。

よい声である。そうか時鳥が鳴けば田植えの時季であるな。向島あたりの村まで足を延ばしてみるかと、勝手なことを思いながら、記憶の奥底から物の本で読んだ歌が頭に浮かぶ。

ほととぎす　鳴きつる方を眺むれば　ただ有明の月ぞ残れる

誰が作った歌であったか忘れたが、きれいな歌である。

すると、他にも思い出す句が二句あった。

鳴かぬなら　鳴かせてみよう　ほととぎす

鳴かぬなら　鳴くまでまとう　ほととぎす

あれ、どっちが家康公でどっちが秀吉公であったか……。これも歳のなせる業かと苦笑しながらもまた一句浮かぶ。

目には青葉　山ほととぎす　初鰹

誰の作であったか、これも失念しているが、これがよいこれがよいとひとり納得し、

（鰹の時季でもあるな……）

と、鰹のたたきを食べたくなる。今夜あたりと思うが、安江がお気に入りの魚屋から買うかもしれないと、心ひそかに期待する。

気がつけば南八丁堀三丁目まで来ていた。どこの店も暖簾《のれん》を掛け商売をはじめており、昨日の騒ぎのあった小売り酒屋も戸を開けていた。

清兵衛はそのまま脇道に入り、平多蔵次郎の住む長屋に入った。

「邪魔をする」

開いている戸の前で声をかけると、竹を削って楊枝作りをしていた蔵次郎が顔をあげて目をみはった。

「桜木様」

そういって居住まいを正し、昨日の礼をいった。

「どうだ。体はなんともないかね」

「腰と尻のあたりが痛みますが、たいしたことはありません」

「それはよかった。されど、何故あのようなことになったのだ？」

「それは……あの浪人のひとりがわたしの杖を蹴ったからです。喧嘩などする気はなかったのですが、わたしにとって杖は大事なものですから、黙っておれなくなったのです」

「すると非はあの浪人らにあったわけか……」

「こんな足になっていなければ、あんな無様なことにはならなかったのですが……」

蔵次郎はそういって足をさすった。右足の膝上のあたりだ。

「なぜ足を傷めたのだね。もともと悪かったわけではなかろう。いや、いいたくなければ聞かぬが、それなりの事情があったのではないかね」

「斬られたのです」

蔵次郎は一度唇を嚙んでからいった。

「斬られた」

清兵衛は眉宇をひそめた。

「喧嘩ではありません。わたしは露月町《ろうげつちょう》にある夏川道場で修行をしていたのですが、その帰りに金のありそうな商人にからんでいる侍を見かけてなかに入ったのです。ところが、相手が刀を抜いてかかってきたので、わたしもやむを得ず刀を抜きましたが、ここを斬られてしまいまして……」

「相手はひとりだったのかね」

「いえ、三人いました。会えば思い出せるでしょうが、もう顔はおぼろにしか覚えていません」

「いつのことだね」

「昨年の十月でした。傷を診《み》てくれた医者には、もとのようには歩けないといわれ、そのとおりになってしまい……」

蔵次郎は「ふう」と、大きなため息をついた。

「暮らしは楽ではなさそうだが、実家に帰ることは考えないのかね。足を悪くしていては大変であろう」

清兵衛は家のなかをぐるりと眺めてから、蔵次郎に視線を戻した。

「帰っても迷惑がられるのは目に見えていますから……。わたしは近江の郷士の次男坊なのです。家督は継げませんので、剣術で身を立てようと一念発起し、江戸に修行に来たのですが、まさかこんなことになるとは思いもいたさぬことで……」

「迷惑がられても実家に戻ったほうが楽ではないのかね」

蔵次郎はそんなことはあり得ないと、かぶりを振る。おそらく蔵次郎の意地があるのだろう。さもなければ親兄弟との仲が悪いのかもしれない。あまりその辺まで立ち入ることはできないと考えた清兵衛は、話を替えた。

「つまり、そなたは人助けをして斬られ、足を悪くしたわけであるが、助けた商人はいかがしたのだ。礼などなかったのだろうか？」

「斬り合いになったときに、逃げたのです。どこの誰かはわからずじまいです」

蔵次郎はそういってから、そのときのことを話した。

雪のちらつく寒い日であった。稽古で汗を流した蔵次郎は早く自宅長屋に帰り、湯屋に行こうと考えていた。

それは豊後《ぶんご》岡藩・中川修理大夫中屋敷の裏に差しかかったときだった。三人の浪人が屋敷塀に年寄りの商人を押しあて、脅し文句を吐いていた。近くにはからまれている商人の伴連れらしい小僧がいて、ビクビクした顔で風呂敷を抱きしめていた。

蔵次郎が近づくと、小僧が狼狽え顔で駆け寄ってきて、

「旦那さんが脅されているんです。斬られたら大変です。助けてください」

と、震える声で訴えた。

いわれるまでもなく、蔵次郎は三人の浪人に背後から声をかけた。

「何をしておるのだ」

三人の浪人は同時に振り返った。

「年寄りをいじめての強請《ゆす》りであるか。侍とあろう者が不届きであろう」

蔵次郎は強気でいって近づいた。

「この親爺が無礼にも、道を譲らずに通ろうとしたので懲《こ》らしめておるだけだ。貴公には関わりのないこと」

背の高い男がそういえば、

「おれたちの話し合いだ。去《い》ね」

と、ずんぐりした男がにらみを利かせ、あっちへ行けとばかりに顎をしゃくった。

「お助けください。金を出さないと斬ると脅されているのです」

壁に押さえつけられている商人が、悲鳴じみた声を漏らした。

「こやつ」

ひとりの浪人が、商人の首を絞めるように喉を押した。商人は苦しそうに顔をゆがめ、顔を赤くした。

「やめぬか！　侍のくせに弱い者いじめとは、見苦しいであろう。武士の風上にも置けぬ所業」

「何をッ」

ずんぐりした男が血相を変えて蔵次郎に歩み寄るなり、刀を抜いた。

「斬り合いはごめんだ」

そういったが、相手は聞く耳を持たず、そのまま斬り下げるように刀を振った。

蔵次郎は下がりながら刀を鞘走らせ、さらに踏み込んできた相手の刀を撥《は》ねあげると同時に、横薙《よこな》ぎに刀を振った。

「うわっ」

相手は悲鳴をあげて後じさり、尻餅をついた。それを見た他の二人が、商人を放して刀を抜いて蔵次郎にかかってきた。

右から袈裟《けさ》懸《が》けに、左から上段からの撃ち込み。蔵次郎は下がってかわし、振りかぶってくる相手の刀を横へ打ち払って下がり、

「逃げるのだ！」

と、商人に声をかけた。

「きさま、容赦せぬ」

背の高い男が真正面から突きを送り込んできた。蔵次郎は半身をひねってかわしたが、そこへ左にいた男の振り切った刀が膝上をずばりと斬っていた。

「あッ……」

蔵次郎はよろけながら屋敷塀に背中を預けて刀を構え直した。ここで斬られて死ぬのかという恐怖で総毛だった。

だが、三人の浪人はそれ以上斬りにはこなかった。屋敷の角から数人の侍があらわれたからだ。

「では、斬られ損をしたことになるな」

清兵衛はあらましを聞いたあとでつぶやいた。

「まったくでございます」

「助けた商人を捜しはしなかったのかね」

清兵衛は実直そうな顔をしている蔵次郎をまっすぐ見た。

「翌日から歩けなくなり、動くのもままならなかったですし、また捜そうという気もおきませんでした」

「しかし、命を助けてやったようなものではないか。恩着せがましいことをしたくなかったのであろうが……」

「身から出た錆《さび》だと思う他ありません」

蔵次郎は意気消沈したようにうなだれた。

清兵衛はその姿をじっと眺めるうちに、何とかしてやろうと思った。

「そなたを斬った浪人のことは許せぬが、まずはそなたが助けた商人を捜してみようではないか」

さっと、蔵次郎の顔があがった。

「なぜ、そんなことを……」

「わたしは隠居の身で暇を持て余しておる。それに、そなたはわたしの倅《せがれ》と同じような年頃。そなたの話を聞いてじっとしておれなくなった」

「しかし……」

「よい。何とかしてみる」

清兵衛は遮ってから言葉を足した。

「ことは昨年の十月、雪のちらつく日だった。場所は岡藩中川修理大夫中屋敷の裏であった。さようだな」

「しかし、わたしは恩を売る気はありません」

「わかっておる。ひとつ訊ねるが、刀はいかがした。この家に脇差はあるが、大刀はないようだが……」

気になっていることだった。

「質《しち》に入れたのです」

蔵次郎は恥ずかしそうな顔をして答えた。足が不自由になり、暮らしが立ち行かなくなったから質入れをしたのだろう。

「さようであるか。助けた商人のことだが、顔を覚えているかね？」

「さあ、もうわかりません。六十前後の小太りだったというぐらいで……」

「連れていた小僧のことは？」

「すっかり忘れてしまいました」

この人捜しは容易くはないと清兵衛は思ったが、口に出した手前引っ込みはつかぬ。

「ともあれ、わたしにまかせておきなさい」

七

蔵次郎の長屋を出た清兵衛は、一度立ち止まって空を眺めた。綿を引きちぎったような白い雲が、点々と浮かんでいる。

気安く人捜しを請け負ってしまったが、はてどうやって捜そうかと考える。

蔵次郎のいう商人は、六十前後で小太り。わかっているのはそれだけだ。蔵次郎は連れていた小僧のことはすっかり忘れている。しかし、商人が浪人にからまれていたのは、岡藩中屋敷の裏側である。脅された商人の店がその近くにあるかもしれない。

（とにかく行ってみようか）

清兵衛はそのまま歩き出した。

豊後岡藩の中屋敷は、芝口二丁目の西側にある。土地の者が日蔭町《ひかげちょう》と呼ぶ町屋の西だ。

清兵衛は木挽町の通りを歩き、汐留橋をわたって通町（東海道）に出た。芝口二丁目はそこからすぐである。

岡藩中川修理大夫の中屋敷は町の西側にある。中川修理は、のちの大老・井伊《いい》直弼《なおすけ》の兄にあたる。

清兵衛は蔵次郎の話をもとに、中川家中屋敷と日蔭町の間の通りに来た。俗に日蔭町新道《しんみち》と呼ぶ通りで、宇田川町《うだがわちょう》までつづいている。

中川家中屋敷と町屋の間には下水が流れており、ところどころに橋代わりの板がわたしてある。町の者が洗い物をする際に利用をするためだ。いまも洗濯をしている町屋の女房の姿があった。

中川家の屋敷内で鳥の声がわいている。時鳥の声に、目白《めじろ》のさえずりがまじっている。

海鼠塀の上には欅や楠《くすのき》、そして枝振りのよい松がのぞいていた。

蔵次郎が助けた商人は壁に押しつけられていたというから、下水にわたしてある板の上に追い込まれたのだろう。果たしてそれはどこだと眺めるが見当がつかない。

反対側の町屋に目を向けると、特に大きな店はなく、どれも同じような大きさの店ばかりだ。着物屋・鍋屋・小間物屋・生薬屋・刀剣屋……等々。その間にうどん屋や飯屋などがある。そんな店の者が昨年の騒ぎを見ていてもおかしくはないはずだ。

清兵衛は一軒一軒訪ねて行った。しかし、昨年の十月のことである。雪のちらついている日だといっても、店の者たちは首をかしげるか、見ていなかったという。寒い冬のことなので、表戸を閉めていただろうから気づかなかったのかもしれないし、半年ほど前のことなので忘れているのかもしれない。

芝口二丁目から三丁目まで中食《ちゅうじき》も取らずに聞き込みをやったが、これといった話を聞くことはできなかった。気がつけば日が西にまわり込んでいた。

「この町ではなく、他の町の商家かもしれぬ」

疲れた清兵衛は独りごちて、通りを歩く者たちを眺めた。こりゃあ誰かの助がいるなと思う。ひとりでは捜しきれない気がしてきた。

「相談したいことがある」

本湊町の自宅に帰るなり、清兵衛は安江に声をかけた。

「なんでございましょう」

座敷で洗濯物を畳んでいた安江が顔を向けてきた。

「今朝、家を出るときにいった男のことだ」

「気になっているとおっしゃった方のことですね」

「うむ。少し面倒なことになってな」

清兵衛はそういってから蔵次郎のことを話した。

安江は黙って聞き入っていたが、清兵衛の話が終わると、

「人助けをして思うように歩けなくなるなんて、運が悪いですわね。でも、その方は近江にご実家がおありなのでしょう」

「あるが、次男坊なので部屋住みだ。それに親兄弟としっくりした仲ではなさそうだ。江戸に剣術修行をしに来る際、何かあったのかもしれぬが、とにかく斬られ損のままでは不憫《ふびん》である。歳も真之介《しんのすけ》と同じぐらいで、実直な男だ。放ってはおけなくなってな」

「楊枝削りでは身が立ちませぬものね。でも、その助けられた商人を捜してどう

なさるおつもりなのです」

「命を助けられたようなものだ。それなりのことを考えてもらいたい。金を寄越《よこ》せというのではない。まあ、いかほどの店の主かわからぬが、平多の向後について何か考えてもらいたいのだ。まだ、若い男だ。あのまま身を持ち崩すようでは可哀想である」

「その商家のご主人は浪人にからまれたとき、どこへ行ってらしたのかしら？」

「それはわからぬ」

「わかっていれば、捜しやすいと思ったのですけれどね。それで、そのご主人は平多さんが浪人たちと揉めている隙に逃げたのですね」

「さような話だ」

「どっちへ逃げたのかしら……」

安江は長い睫毛を動かして清兵衛を見る。

「それは……」

聞いていなかった。

「それは、なんでございます」

「聞いておらなんだ。明日にでもたしかめてみよう」

「悶着のあった通りにある商家の誰も、平多さんのことを覚えていないのですね」

「今日聞いたかぎりではそうであった。ことは昨年の十月だ。雪のちらつく寒い日だったので、どの店も表戸を閉めていたのだろう」

「通りを歩いている人もいなかった」

「のようだ」

「平多さんが斬られたとき、何人かのお侍があらわれたのですね。そのお侍のことを平多さんは覚えていらっしゃらないのかしら」

（これはしたり）

清兵衛は内心で舌打ちした。元北町奉行所の風烈廻り与力だった清兵衛は、「風烈の桜木」と呼ばれるほどの利け者だった。当然、探索能力に優れていた。それなのに、妻の安江のほうがツボを心得たことをいう。

「……そうであるな、そのこともたしかめるべきであるな」

「それから商家のご主人は、どんなお召し物だったのかしら。巾着を持ってらっしゃったとか、紋付きの羽織だったとか……」

また一本取られた。

「そのことも明日たしかめることにする。とにかく、この人捜しを手伝ってもらえまいか」

清兵衛は妻をまっすぐ見る。

「ようございます。わたしでお役に立てるのでしたら……」

「頼む」

清兵衛は頭を下げた。

八

翌朝、清兵衛は安江を連れて蔵次郎の長屋を訪ねた。

蔵次郎は清兵衛が妻を連れて来たことに驚いたようだが、安江手作りの弁当をもらうと相好《そうごう》を崩し、たいそうありがたがった。

「それで聞きたいことがあるのだ」

清兵衛は本題に入り、昨日安江が疑問にしたことを訊ねた。

「あの旦那は一丁目のほうへ逃げたはずです。わたしは目の端でそれを見ていましたので、たしかだと思います。どんな着物を着ていたか、よく覚えてはいませんが、渋い紅茶《べにちゃ》の羽織姿だったと思います。巾着を持っていたかどうか……」

蔵次郎は首をひねった。

「念のために聞くが、斬り合いになった場所はどのあたりだった？」

「三丁目を過ぎ、二丁目に入ったすぐのところでした」

芝口三丁目と二丁目の間には、通町に抜ける路地があったはずだ。清兵衛はぼんやりとそのあたりのことを思い出す。

「雪がちらついていたそうですが、その旦那さんは傘を持っていなかったのかしら」

安江である。

「傘は持っていなかったと思います」

「斬られたときに、屋敷の角から侍があらわれたらしいが、その者たちと話などはしなかったのかね」

清兵衛である。

「大丈夫かと声をかけられましたが、わたしはどうぞおかまいなくといって、その場を去りました。そのときは足を引きずりながら歩けたのですが、翌朝は立つのもしんどくなりました」

「声をかけてきた侍がどこの者であるかもわからぬということか」

「顔もしっかり見ませんでした。それより斬られた足の傷が心配でしたから
……」

「からまれていた旦那さんが連れていらした小僧さんのことも、何も覚えていないのですね」

安江がだめ押しで聞く。

「はい、残念ながら」

蔵次郎は申しわけなさそうにうなだれ、

「それにしても、どうしてわたしのことを思ってくださるのです」

と、顔をあげて、清兵衛と安江を見た。

「お目にかかり、こうやってお話をするうちに、わたしも夫の心配がわかりました。あなたはわたしの子と同じ年頃のようだし、とても真面目な人柄だというのがわかり、お役に立ちたいと思います」

「お気持ちは嬉しいのですが、わたしが助けた旦那を捜しあてられたとしても、わたしはとくに望むことはありません」

「なんと健気《けなげ》な。でも、お礼のひとつもいってもらいましょうよ」

安江がにっこり微笑んでいえば、蔵次郎は申しわけありませんと頭を下げた。

「あなた、とてもいい人ではありませんか。あの方の目は澄んでいるし、悪いことのできない人ですよ。何としてでも力になってやりましょう」

表に出るなり、安江は気負い込んだことを口にする。やる気満々だ。

「うむ。それでは手分けをしよう。わたしは芝口一丁目とその界隈の店をあたる。そなたはもう一度二丁目と三丁目に聞き込みをしてくれぬか」

「さすが元有能な与力様のお指図。承知いたしましたわ」

「おだてるようなことを……」

清兵衛はあきれたように首をすくめた。

安江は芝口一丁目で夫と別れると、日蔭町新道に入った。右側は大名屋敷と旗本屋敷の塀、左側には商家が軒を列ねている。

（さて、どこからはじめようかしら……）

安江は目を輝かせて通りを眺め、よし虱潰《しらみつぶ》しにあたっていきましょうと、自分を鼓舞した。

昨日夫が聞き込みをしているので、訪問を受けた商家の者は、

「また、同じことをお訊ねになる」

と、半ばあきれ顔をしたが、相手がお武家の妻女ならいい加減な受け答えはできぬと思ったのか、店の奉公人たちにも親切に聞いてくれた。だが、手掛かりになるような話はなかなか聞くことができない。

何しろ捜している商家の主の名前もわからないし、風貌も曖昧なのだ。

二軒、三軒、四軒……そしてまたつぎの店へと足を運ぶ。

総じて対応はよいが、これという話は聞けずじまいである。最初の意気込みが次第に弱くなっていく。

（あの方は、こういう地味な仕事を長年なさっていたのね。お役目とはいえ大変なことだといまさらながらわかった気がします）

歩きながらそんなことを思った。

十数軒をあたったあとで、安江は茶屋で一休みした。茶を飲みながら通りを眺め、目の前の旗本屋敷を眺める。

人通りは表の通町より少ないが、それでも行商人や侍、あるいは近所に住む長屋のおかみたちや職人の姿を見る。

それから名前もわからない商家の主のことを考え、勝手に「名無しの権兵衛」

と名付ける。

(権兵衛さんはどこへ行ってらしたのかしら……)

ぼんやりと考えるが、そのことが大事なことに思われた。小僧を連れ羽織をつけていたのだから、大事な客に届け物があったのかもしれない。

(すると……)

安江は目の前の旗本屋敷に目を向ける。何かが頭の奥で閃《ひらめ》きそうだ。もし、権兵衛さんが大事な客に届け物をしたのなら、月に一度ぐらいは通っていると考えてもよい。いや、月に二度三度あるかもしれない。

安江はさっと床几から立ちあがった。

通りの向こう側は武家屋敷地である。それも大身旗本と大名家の屋敷ばかりだ。権兵衛はその屋敷に行っての帰りだった。ならば訪ねて聞けば何かわかるかもしれない。

自然、安江の足は武家屋敷地に向いた。しかし、訪ねても、どう聞けばよいのだろうか。権兵衛のほんとうの名前も店の屋号もわからない。

それでは聞きようがない。安江の足は稲荷小路の途中で止まった。

だが、あきらめることはなかった。辻番があることに気づいたのだ。

九

「名前がわからないでしょうけど、……」

清兵衛は安江の顔を不思議そうな顔をして見た。

「ええ、商家の旦那さんだというのはたしかでしょうけど、名前がわからないでしょう。だから、とりあえずそう呼ぶことにしたのです」

「ふむ」

清兵衛は一日の疲れを癒やすために、自宅の居間で酒を飲んでいた。

「でも、聞きに行くお店には権兵衛さんとはいっておりませんから」

「それはそうであろう」

「あなたも手掛かりはつかめなかったのですね」

「さっぱりであった」

清兵衛はちびりと、酒を嘗めるように飲む。

「わたし考えたのです。権兵衛さんはあの通りをときどき使っていらっしゃる。そして、大事なお客の家を訪ねていらっしゃる。ひょっとするとお武家のお屋敷ではないかと思うのです。浪人にからまれた日に権兵衛さんは羽織をつけ、小僧さんを連れていた。それだけで、大事な客の家を訪問されたと考えられます。あのあたりは大名家の屋敷や旗本屋敷ばかりです。だから、辻番に行って聞いてみました」

「うむ」

清兵衛は感心しながら妻を見る。なかなかの気ばたらきである。

「けれど、権兵衛さんの名前や権兵衛さんの商売がわからないので、辻番の人は首をかしげるだけでした。何人か近くの屋敷に出入りする商人はいるらしいですけれど……」

安江は、猪口を宙に浮かしたまま考える目を一方に向ける清兵衛を眺めた。

「いかがされました？」

清兵衛は安江に視線を戻した。

「よいところに気がついた。明日はわたしも辻番を訪ねてみよう。あのあたりにある辻番はひとつではない。何かわかるやもしれぬ」

「それじゃわたしもお供いたします」

「いや、そなたは芝口橋から通町筋の商家をあたってくれぬか。人手がほしいところであるが、ここは何とかしなければならぬ」

翌日、清兵衛は日蔭町新道の西側に広がる武家屋敷地に足を運んだ。

武家地は愛宕《あたご》権現の麓から東（日蔭町新道）へ、また北側にも広がっている。

大名屋敷もあれば、旗本屋敷も多い。

辻番には大名家のみで管理している一手持《いってもち》辻番と、大名家と旗本数家が協力して管理する寄合辻番、そして幕府が直接設けた公儀辻番がある。

清兵衛が訪ねる辻番の多くは、寄合辻番であった。

「さあ、お屋敷に出入りしている商人は少なくありませんよ。それに屋号がわからなければ、見当もつきません」

どこへ行っても、辻番人は同じようなことを口にする。

相手が名無しの権兵衛で、どこの商家で、何という屋号なのかもわからない。

商家の主人だとしても、年齢も背恰好も曖昧であるから無理はない。

清兵衛は旗本屋敷や大名家を訪ねてみようかと、頭の隅で考えもした。しかし、それは慎重を期することである。与力時代も武家の屋敷を訪ねるのには神経を使わなければならなかった。町奉行所には武士の犯罪を取り締まる権限がないからだ。

訪ねたとしても名無しの権兵衛では、相手も不審がるだろうし、ともすれば「どこの誰とも知れぬ者のことなどわからぬ」などと、門前払いをくらいかねない。

愛宕下の通りを歩き、増上寺の北側にある馬場のそばを過ぎた。その先にも辻番があった。無駄だと思うが、念のために聞いておこうと訪ねた。

「人捜しでございますか……」

応対をする番人は、親切に「まあ茶でも」といって、茶を淹《い》れてくれた。

どこの辻番もほぼ同じ造りだ。間口二間、奥行九尺。壁には捕り物道具が掛けてあり、番人は昼夜交替で詰める。その人数は四人から六人だ。

番人は町人が請け負っているので、厳《いか》めしさもなければ剣呑さもない。

「それにしても、なぜ名前もわからない人を捜さなければならないんです？」

茶を出してくれた番人が不思議そうな顔を向けてくる。頭髪の薄い人のよさそうな四十男だ。

「話せば長いのだが……」

清兵衛は茶を飲みながら、かいつまんで話してやった。

「それはお気の毒なことに……」

話を聞いた番人は神妙な顔でいった。

「人助けが徒《あだ》になってしまったというわけなのだが、それではあまりにも不運すぎるであろう」

「で、その方はいまは何をしていなさるんです？」

「楊枝削りだ」

「それじゃ暮らしが大変でしょう」

「何か手立てを考えてやらなければならぬのだが、まずは助けた商人を捜すことが肝要であろう」

「お武家様はご親切な方でございますね」

番人は感心顔で清兵衛を見た。

「とにかく捜す手掛かりを見つけなければならぬ。馳走になった」

清兵衛は礼をいって辻番を出た。

しばらく歩いて、さて、これからどこへ行こうかと、北のほうへ延びている愛宕下大名小路を眺める。小路は東西南北に走っている。大方まわったので、行くあてがない。

（安江はどうであろうか）

ふと、妻の顔を思い浮かべた。

十

「やっぱり、名無しの権兵衛さんでは捜しようがありませんね」

安江の聞き込みも成果はなかったようだ。歩き疲れたのか、少しやつれた顔になっていた。

「あきらめたら終わりだ。必ず見つかると信じておれば、見つかる。ここであきらめはせぬぞ。明日も辻番を訪ねてみる」

「でも、今日行ってらしたのではありませんか」

「番人は交替で詰めている。別の番人のなかに何か知っている者がいるかもしれぬ」

「与力を務めていらっしゃるときも、根気よい調べをされていたのですね」

「さよう、根気がなければ役目は務まらなかった。だが、そなたは明日からはよい。あとはわたしが何とかしよう」

「いいえ、わたしももう一度聞いてまわります。あなた様の根気には負けておれませんわ。それに、平多さんのことを思えばあきらめきれません」

妻は頼もしいことをいう。

「無理はいかぬぞ」

「わたしはやります」

きっぱりといった安江は、夕餉《ゆうげ》の支度をするといって台所に向かった。

その翌日も同じ聞き込みをやったが、結果は同じであった。安江も名無しの権兵衛の「ご」の字にも行きあたらないと肩を落とした。それでもあきらめないと、清兵衛にやる気をみせる。清兵衛はそんな妻に鼓舞されて、また翌日も手掛かり捜しを行った。

されど、結果は同じである。

「権兵衛さんはどこのお店の何という方なのかしら。誰も、平多さんと浪人の斬り合いを見た人はいないのかしら……」

その日の聞き込みを終えて帰ってきた安江が、ぽつりとつぶやく。行灯のあかりを受けた顔が、少し日に焼けていた。

「そのことはわたしも気になっているのだ。あそこは人通りが少ないとはいえ何軒もの店がある。冬場だったので戸を閉めていたとしても、いい争う声を聞いた者や、その声に気づいて見た者がいてもいいはずなのだ」

「では、もう一度日蔭町にある店で聞き込みを……」

「その前にもう一度、平多蔵次郎から話を聞こうと思う。人は忘れていたことを、ふいに思い出すこともあるし、わたしに話し忘れていることもあるかもしれぬ。明日、平多殿に会うことにする」

清兵衛は翌朝、平多蔵次郎の長屋を訪ねた。あいにく雨もよいで蔵次郎の家には行灯がともされていた。

「これは桜木様……」

戸口にあらわれた清兵衛を見て、蔵次郎はすぐに畏まった。

「仕事は捗っているかね」

清兵衛は敷居をまたいで訊ねた。

「相も変わらずですが、この仕事にも慣れてまいりました。それより、件のことですが……」

「そのことで聞きたいことがあるのだ」

清兵衛は蔵次郎の言葉を遮り、上がり框に腰をおろして言葉をついだ。

「その後、何か思い出したことはないだろうか。あるいはわたしに話し忘れていたことはないだろうか。もしや、そんなことがあるやもしれぬと思いまいったのだ」

「はあ、それは……」

蔵次郎は短く視線を泳がせてから、清兵衛に顔を戻した。

「そのことなのですが、桜木様にこれ以上のご迷惑をかけては申しわけありません。あの商家の主のことはわたしは気にしていませんし、もし見つけられて会ったとしても望むこともありません」

「先日もさようなことを申したな」

「わたしは考えました。このまま楊枝削りの内職をつづけても、向後の見込みはありません。そこで一から出直すつもりで職人になろうと思います。もうその歳ではないというのはわかっていますが、やってできないことはないはずです。二年あるいは三年辛抱すれば、わたしの向後の目途《めど》も立つはずです。人間やってできないことはないはずですから、そうしようと考えたのです」

「……立派なことだ。されど、どんな職人になろうと考えているのだね」

「煙管師になれないものかと……じつは、近くに住まう煙管師に相談もしているのです。わたしは楊枝削りをしながら、手先が器用な自分に気がつきました。そこで煙管を作れないだろうかと考えたのです」

「うむ、それはそれでよいことだろうが……」

「ですから、もう件のことはお忘れいただきたいのです。桜木様のご親切はありがたいのですが、こんな体になったのはわたしの身から出た錆ですし、わたしはそんな星の下に生まれたのだと思います。これが運命というものなら、素直に受け入れようと考えました」

若いのに何と悟ったことをいう男だ。清兵衛は感心しながらも、あらためて蔵次郎の懊悩《おうのう》を知る思いだった。

日がな一日楊枝削りをしておれば、自ずといろいろなことを考えるだろう。おのれを悲観したり、忘れたい過去を思い出したり、あるいは他人を羨み妬んだりもしよう。

それなのに、蔵次郎は新たな自分の道を切り開こうとしている。

「ご親切を戴きながら勝手なことを申し、申しわけないのですが、どうかこれ以上わたしにはおかまいなくお願いいたします」

「わたしはそなたに恩を売ろうとしているのではない」

「承知しております」

清兵衛は実直な顔をしている蔵次郎を長々と見つめたあとで、

「わかった。そなたにはそなたの考えがあろう。余計なお節介をしたようだ」

と、いった。

「いえ、お節介などとは思っておりませぬ」

「いやいや、よいのだ。相わかった。では、またぶらりと遊びに来ることにいたそう」

蔵次郎は申しわけありませんと、深々と頭を下げた。

そのまま清兵衛は蔵次郎の長屋を出たが、

（あのようにいわれても、わしはやめる気はないのだ）

と、胸中でつぶやき、何としてでも名無しの権兵衛を捜しあててやると、きっと口を引き結んだ。蔵次郎は煙管師になるといったが、もっと開けた人生にしてやりたい。平多蔵次郎という純朴で一途な男にこれ以上みじめな思いはさせない。

蔵次郎には迷惑かもしれぬが、捜すと決めた手前、もう意地である。清兵衛は気持ちを奮い立たせていた。

十一

どんよりした雲が江戸の空を覆っている。大名屋敷からは時鳥の声にまじって、目白の声もあり、さらに斑鳩《いかる》の鳴き声も聞こえる。みんな、雨よ降らないでくれと鳴いているのかもしれない。

清兵衛は日蔭町新道に立っていた。天気のせいか人の通りが少ない。

名無しの権兵衛が脅されていたあたりに立った清兵衛は、岡藩中屋敷の壁に背を向け、町家を眺めた。

この季節なので、どこの店も表戸を開け放している。二階の窓もそうだ。

蔵次郎が斬られたときは、雪がちらついていた。表戸も窓も閉められていたはずだ。そして、人通りもうまい具合に絶えていた。よって権兵衛が脅されたり、蔵次郎が斬られたのを見た者はいない。

ただし、蔵次郎が斬られたときに、数人の侍があらわれた。それはどこの誰かはわからない。

清兵衛はゆっくり通りを眺める。そして、軒を列ねる商家の一軒一軒に目を凝らしていった。与力時代には同じようなことをやった。行き詰まったときは、事件の起きた場所に何度も足を運ぶのが、探索の鉄則である。

清兵衛は蔵次郎が斬られたあたりに移動した。芝口二丁目の南外れ。つまり、三丁目から二丁目に入ってすぐのあたりだ。目の前は履物屋。その右隣が小間物屋、左隣は米屋。戸口の上に屋根看板。二階には窓障子がある。

清兵衛は冷静に考えるために、茶屋に足を延ばして床几に腰をおろした。すぐに店の女があらわれて注文を取るが、清兵衛は茶を頼む前に問いかけた。

「つかぬことを訊ねるが、昨年の十月、雪のちらつく夕暮れのことだ」

「は……」

店の女は目をしばたたいた。

「そのとき、この近く、あのあたりで商家の主らしき男が浪人にからまれた。そして、その主を助けた侍と浪人たちが斬り合いをしたのだが、そのことを知らぬか？」

「そんなことがあったのは知りませんけれど……」

店の女は戸惑った顔をした。清兵衛は店の奥に目を向けた。台所のそばにもうひとり女がいた。暇潰しに奥で話をしていたなら気づかなかったかもしれない。

清兵衛はあきらめて茶を注文した。

(何か見落としているかもしれない……)

そう考えるが、ぴんと来るものはない。

運ばれてきた茶に口をつけ、目の前の通りを行き交う人を眺める。裏通りだからか通行人はさほど多くない。

(見つけられぬのか)

捜す手掛かりが少なすぎるので、そう思ってしまう。だからといって、あきらめるわけにもゆかず、湯呑みのなかの茶柱を見つめる。

「あなた様……」

突然の声に顔をあげると、そこに安江が立っていた。

「なんだ、向こうの聞き調べはいかがした?」

「埒《らち》があかないので、こちらへ来てみたのです。すると、茶を飲んで休んでらっしゃる」

安江はそういって隣に腰掛けた。

「休んでいるのではない。考えていたのだ」

さっきの女が来たので、安江は茶を注文した。

清兵衛は蔵次郎に会って、どんな話をしたかをかいつまんで話してやった。

「あの方、人が好すぎるわ。もっとも、気持ちはわかる気がしますけれど、ほんとうは悔しいと思うのです」

安江は茶が運ばれてきたので、口をつけてから言葉をついだ。

「自分を斬った浪人のことが憎くないのかしら。わたしだったら必死になって捜すと思うのですけれど……」

「不自由な足になったのだ。そうしたくても、ままならなかったはずだ。杖を頼りにどうにか外出ができるようになったのは、暮れになってからだといっていたからな」

「足を斬られたせいで……どう考えても気の毒ですわ。煙管師になりたいとおっしゃっているのね」

「そんなことをいった。独り立ちできるには三、四年はかかるかもしれないが、覚悟しているようだ。楊枝削りよりはましだと思うが……」

「踏ん切りのよい人なのですね」

「ずいぶん悩み苦しんだとは思うがな」

「それで、あなた様は何を考えていらっしゃったのかしら」

安江が顔を向けてくる。

雲の切れ間から薄日が射し、あたりがにわかに明るくなった。

「蔵次郎殿が斬られたときのことを考えていたのだ。この通りには商家が少なくない。誰かが声を聞いた、あるいは見た者がいても不思議はないと思うのだ。だが、そんな者には行きあたらない。権兵衛はあのあたりで脅されていたのだ。そして斬り合いもそのそばで起きた」

安江は清兵衛が指さすほうに顔を向けると、おもむろに立ちあがって歩いて行き、

「このあたりかしら」

と、振り返った。

清兵衛がうなずくと、安江は目の前にある商家に視線を流していった。何かに気づいたように、ハッとした顔になったのはすぐのことだった。

「あなた様」

目を輝かして清兵衛を見てきた。

「いかがした」

清兵衛がそばへ行くと、

「あの長屋を見てください」

と、一方を指さした。

清兵衛がキラッと目を光らせたのはすぐだ。

十二

安江が気づいたのは、一軒の長屋だった。その長屋は芝口三丁目と二丁目の間にあり、日蔭町新道から通町に抜ける路地であった。芝口三丁目の北側の角から数間入ったところに長屋の木戸口があるのだが、その長屋は二階建てだった。

安江の立つ場所から二軒の長屋の二階が見えるのだ。つまり、向こうからも安江の立つあたりが見えることになる。

清兵衛と安江はその長屋に足を運んだ。木戸口を入ってすぐの家には、十歳ぐらいの娘がいてひとりで綾取りをしていた。居間ではその母親らしい女が繕《つくろ》い物をしていた。

「ごめん」

清兵衛が声をかけると、母娘が同時に顔を向けてきた。

「つかぬことを訊ねるが、昨年の十月頃のことだ。雪のちらつく夕暮れだったのだが、そこの新道で騒動があったのを知らぬか……」

「騒動って……斬り合いがあったことでしょうか……」

母親は何かを思い出すように視線を泳がせ、手にしていた縫い針で髷をかいた。

「知っているのか？」

「わたしは見ていませんけれど、隣の娘さんがそんなことを話したことがありました」

「隣の娘……」

清兵衛は隣の家に目を向けた。

「いまは仕事に出ているのでいませんけれど……」

「わたしは桜木清兵衛と申す、北町の元与力なのだ。これは妻であるが、大事なことを調べているところでな。是非ともその娘からどんなことを聞いたか教えてくれぬか」

元与力と聞いたせいか、娘の母親は居住まいを正した。

「隣のおせいちゃんという子ですけど、昨日すぐ近くで斬り合いがあって大変だったと騒いだのです」

「昨日……」

するとと翌朝に話を聞いたのだろう。

「その娘はどこで仕事をしている？」

「出雲町《いずもちょう》にある『小倉屋』という茶問屋です」

清兵衛は安江と顔を見合わせると、礼をいってその長屋を出た。

「安江、見つかるかもしれぬぞ。よくぞ気づいてくれた」

「いいえ、あなた様が手掛かりになることをおっしゃったからですわ」

褒めると謙遜するのが安江である。しかし、得意そうな笑みを浮かべていた。

出雲町にある小倉屋という茶問屋は間口三間の立派な店だった。店に入って番頭におせいという娘のことを聞くと、すぐに呼んでくれた。

奥で水仕事をしていたらしく、手拭いで手を拭きながらやってきた。そばかすの多い、十四、五歳の娘だった。

「わたしは桜木清兵衛というが、聞きたいことがある」

「はい」

「去年の十月の雪のちらつく夕暮れのことだ。そなたの家の近くで斬り合いがあったのを見ていると聞いたのだが……」

おせいはハッと目をまるくした。

「見たままを教えてくれぬか」

「覚えています。うちの親に話してもすぐには信じてくれませんで、わたしひとりで大事が起きていると騒いだのです。でも、あとで見に行くと、斬られた人も斬った人たちもいませんでした」

「その斬り合いは三人の浪人と、ひとりの若い侍だった」

「そうです」

おせいはまばたきもせず、ぱっちりした目を見開いてうなずく。

「その斬り合いの前に三人の浪人はどこかの商家の主を脅していたのだが、それはどうだね」

「見ています。『ゑびす屋』の旦那さんが脅されていて、やってきた若いお侍が助けてくださったのです。でも、そのお侍は足を斬られました」

「ゑびす屋はどこにある店だね？」

「あそこです」

おせいは通りの反対側の店を示した。看板に「伽羅《きやら》之油《のあぶら》　京紅　おしろい」とあり、立派な屋根看板があった。

「それは間ちがいないな」

「わたし、目がいいのです。家の二階にあがって障子窓を開けたとき、旦那さんが脅されている様子なので、ずっと見ていたのです」

「連れの小僧もいたはずだが……」

「いました」

もう間ちがいなかった。

清兵衛はすぐにゑびす屋に足を向けた。安江を伴っていては大袈裟すぎる気がしたが、ええいままよとばかりに暖簾を撥ねあげて店に入った。

いらっしゃいませと、すぐに声が飛んでくる。帳場に番頭が二人、陳列棚にも上がり口と土間の棚にも白粉や紅、伽羅の油が並べてある。

「わたしは桜木清兵衛と申す。こちらの主に他でもない用があるのだが、在宅であろうか？」

「いらっしゃいますが、お急ぎでございましょうか」

四十代とおぼしき番頭が訊ねる。

「急ぎといえば急ぎだ。手間は取らせぬ。在宅なら取り次いでもらいたい」

番頭はよっこらせと声をかけて立ちあがると、店の奥に消えた。土間には二人の小僧が立っていて、めずらしそうに見てくる。目が合うとうつむいた。

しばらくしてさっきの番頭と小太りの主がやってきた。

「当店の主・六兵衛《ろくべえ》と申しますが、いかような御用向きでございましょう」

やさしそうな笑みを浮かべて見てくる。

「直截に申す。そなたは昨年の十月、雪のちらつく日に日蔭町新道にて三人の浪人にからまれたことはなかったか」

たちまち六兵衛の笑みが消え、驚き顔になった。

「そのときそなたを助けた若い侍がいるが覚えておろうか」

六兵衛は息を呑んだ顔をしてから口を開いた。

「忘れようがありません。斬られそうになったわたしを助けてくださった恩人でございます。お礼をしなければならないと思っているのですが、お名前がわかりませんし、お顔もうろ覚えでどうにもなりません」

「その者のことで相談にまいったのだ」

「その方のことがおわかりなのですね。あ、ここでは話もしづろうございます。どうぞお上がりください」

十三

客間に案内された清兵衛は安江を紹介し、平多蔵次郎の現況をかいつまんで話した。

畏まって話を聞いていたゑびす屋六兵衛は、苦渋の色を顔に浮かべ、

「そんなことになっていらっしゃったとは……」

といって、大きなため息をついた。

「蔵次郎殿は、そなたに恩を売る心根など一切持ち合わせておらぬ。これより侍身分を捨て煙管師になろうと考えている。おそらく独り立ちするには三、四年はかかると思われる。そういうふうに気持ちを固めるまでには、人にはいえぬ苦悩があったに相違ない。その心情を察すれば、わたしはじっとしていることができなくなり、やはりそなたを捜そうと決心いたした」

「ありがとう存じます。平多蔵次郎様はわたしの命の恩人です。会えることなら面と向かってお礼をしなければなりません」

「もちろん会っていただきとうございます」

楚々《そそ》と控えていた安江だった。

「会えるのでございますか……」

六兵衛は清兵衛と安江を交互に見る。二人は強くうなずいた。

「わたしらの出番はここまでだ。あとはそのほうでよきに計《はか》らってもらいたい。ただよく考えてくれぬか。蔵次郎殿は高い志を抱いて江戸に出てきた。いずれは剣術指南役として大名家、あるいは大身旗本に召し抱えてもらいたいと考えていた。ところが人助けをしたことが徒になり、その道は途絶えてしまったばかりか、暮らしもままならず大事な刀を質に入れ、さほどの稼ぎにもならぬであろう楊枝削りの内職をいたしておる。並の男なら世を僻《ひが》み、おのれの身の上を嘆き、邪《よこしま》なことを考えるやもしれぬ。むろん、蔵次郎殿もおのれの不運を嘆き悲しみ苦しんだであろうが、愚痴も漏らさずおのれにできることはないかとひたすら考えて生きている。その心には一点の曇りもない。わたしはそんな男を見捨ててておけず、そなたをようやく捜しあてたというさような次第である」

「はは、なんともお礼のいたしようがありませんが、わたしを捜しあててくださり、心より御礼申しあげます。ありがとう存じます」

六兵衛は感動しているのか、目をうるませて頭を下げた。

「蔵次郎殿は侍として生きることはできぬであろうが、その覚悟と心ばえは天晴《あっぱ》れである。わたしはあの男こそ、武士の鑑《かがみ》だと感激をいたした。さような男だ。ゑびす屋、よろしく頼む」

「よろしくお願いいたします」

安江も言葉を添えた。

六兵衛は深々と頭を下げた。


それから五日後の夕刻だった。

清兵衛はいつものように散歩から帰り、居間でくつろいでいた。

「今日は斑鳩の声がよく聞こえる。きれいなさえずりであるな」

茶を飲みながら、台所の流しで牛蒡《ごぼう》を刻んでいる安江に声をかけた。

「ほんとによく鳴きます。おきくにじゅうし、みのかさきぃ、つきひほしー」

「ん……？」

清兵衛が湯呑みを持ったまま怪訝な顔をすると、安江が振り返った。

「そんなふうに聞こえませんこと？」

清兵衛は耳を澄ましてみた。なるほど、「お菊二十四」にも「蓑笠着ぃ」にも

「月日星」にも聞こえる。

「うまいことをいう」

「若いときにそんなふうに教えられたのです」

安江がそう答えたとき、玄関に「ごめんくださいまし」という人の声があった。

「はい。お待ちくださいませ」

安江が返事をして玄関に行った。

清兵衛はなるほど、お菊二十四かと感心顔でうなずき、斑鳩のさえずりに耳を澄ますが、もう声はしなかった。どこかへ飛んでいったのだろう。代わりに安江が戻ってきて、

「あなた、権兵衛さん……ではなく、ゑびす屋さんがいらっしゃいました。蔵次郎さんもいっしょです」

「なに、あの二人が……」

清兵衛が玄関に行くと、六兵衛と蔵次郎が恐縮したように立っていた。

「先日は思いがけない親切をありがとうございました。あのあと、平多様に早速会いにまいりまして、いろいろとお話をさせていただきました」

「ま、それはよい、狭いところだがあがってくだされ」

清兵衛は二人を座敷にあげて向かい合った。蔵次郎は正座がしづらいので少し足を崩している。蔵次郎はそのことを詫び、

「桜木様、思いもかけぬご親切、恐悦至極にござります。まさか、ほんとうに捜してくださるとは思いもいたさぬことでしたが、ゑびす屋さんが訪ねてきて、ただただ驚きでございました」

「ま、それはよいとして、向後のことは決まったのであろうか。やはり煙管師に……」

「いえ、それはご勘弁願いました」

六兵衛が遮ってから、

「それより、先ず以ては心ばかりのお礼でございます。どうぞご笑納くださいませ」

と、提げてきた角樽《つのだる》と風呂敷で包んだ箱物を差し出した。

「これは……」

清兵衛は風呂敷包みを眺め、もしや金子《きんす》ではあるまいかと思った。もしそうならもらうわけにはいかぬ。

「奥様にと思いまして、当店の紅白粉と伽羅の油でございます。お恥ずかしいも

のですが、どうかお使いいただきとうございます」

「それは相すまぬことだ。それで、煙管師はやめにしたようなことを申したが
……」

「はい、手前には深川に出店がございます。その近くに小さな家がありまして、そちらで手跡指南をやっていただくことになりました。平多様もそのことをお引き受けいただき、ほっと胸を撫で下ろしているところでございます」

「ほう、手跡指南とな。それはなるほどよいことだ。蔵次郎殿、そのこと考えもいたさなかったのではないか」

「はい。思いもよらぬことでしたが、ゑびす屋さんの厚意を受けることにいたしました。これも桜木様のおかげでございます」

蔵次郎は恐縮の体で頭を下げた。

「いやいや、そなたの心がけがよいからだ。それ以外の何ものでもあるまい。いや、それはよかった。目出度《めでた》いことだ」

「はい、ありがとう存じます。あ、奥様にも大変なお骨折りをいただきまして……」

蔵次郎は茶を運んできた安江を見て、急に声を詰まらせ、

「嬉しゅうございました。世の中には親切なことをしてくださる方がいらっしゃるのだと、思い知らされました」

そういった蔵次郎の目の縁に涙が盛りあがっていた。

「蔵次郎さんが親切をなさったからですよ。そうですよね、ゑびす屋さん」

「はい、おっしゃるとおりです。善良なる心をお持ちの方を見捨てるのは、神仏に叛くことだと思います。こんな方に命を助けてもらい、わたしは果報者だと思っております」

「まあ、湿っぽい話はその辺にして、これからどうするのか教えてくれまいか」

清兵衛が請うと、六兵衛が手跡指南所について簡略に話した。

深川の出店近くにある家は、ゑびす屋のもので蔵次郎にはそこに住んでもらい、手跡指南をしてもらうことになっている。すでに筆子《ふでこ》を集める手配もしてあるという。かかる費《つい》えはゑびす屋持ちで、筆子からの束脩《そくしゅう》や月謝は蔵次郎の収入になるということだった。

なにをもってしても目出度い話であった。それから茶を飲みながら短い世間話をしたあとで、六兵衛と蔵次郎は帰っていった。

「気づいたであろうか」

清兵衛は二人を見送ったあとで、微笑ましい顔をしている安江に聞いた。

「なんでございましょう?」

「蔵次郎殿は大小を差していた。ほれ、杖をつきつつ足を引きずってはいるが、腰にはちゃんと刀があるではないか」

安江はようやく気づいたらしく、「あ」と声を漏らした。

「足は不自由になりはしたが、あの男は武士の心根を忘れておらぬのだ。立派なことだ」

そういって、うんうんとうなずく清兵衛の視界から、蔵次郎とゑびす屋は、町の角を曲がって見えなくなった。

清兵衛は視線をゆっくり上にあげた。

江戸の空にきれいな夕焼けが広がっていた。

第三章　出戻り

一

それは朝餉のあとであった。台所で洗い物をはじめていた安江が、ふいに居間で茶を飲んでいた清兵衛を振り返り、

「あなた様、思い出しました」

と、目を輝かせたのだ。

「何を思い出したという……」

「川柳です」

清兵衛は湯呑みを口許で止めた。

「あなた様は俳句をおはじめになりましたね。でも、なかなか思うような句が作

れないとお悩みですね」

「まあ……」

たしかにそうであるから言葉を返せない。

呻吟《しんぎん》して作った句は、駄作ばかりなのだ。人に見せるのも恥ずかしいほどで、おのれの才のなさを嘆く日々がつづいている。

「川柳でしたら季語を考えなくてすみます。それに滑稽さが受けると聞きました。川柳をなさったらいかがでしょう」

「ふむ、川柳ね……」

心が動かないわけではない。川柳のことも頭の隅で考えていたのだ。

「誰かにまた聞いたのかね？」

清兵衛は茶に口をつける。

「鼻紙屋の卯兵衛《うへえ》さんが川柳をやってらっしゃるんです。それであなた様が俳句をやっているけれど、なかなか句を詠んでくださらないと申したら、卯兵衛さんが川柳のほうが作りやすいし、楽しいし、おもしろいとおっしゃるんです」

清兵衛はふむとうなずく。安江のいう卯兵衛は、鼻紙を店で売り、紙煙草入れ作りにも余念がない。小さな店を商う職人といった男だ。

「あの男が川柳をね。人は見かけによらぬものだ」

清兵衛は卯兵衛の顔を思い出す。それはひょっとこである。何となく似ているのだ。

「試しに作られたらいかがでしょう」

「そうだな。ちと考えてみようか」

清兵衛は角が立たないように同意する。

もし、川柳なんかやれるかなどといえば、どんな言葉が返ってくるかわからない。ときに妻を非難したり、注意をすると、あくまでも自分を正当化するために、雨霰《あめあられ》のように言葉を返される。すっかり忘れていた過去のしくじりを持ち出してくることとさえあるから始末が悪い。

世の亭主というのは、素直さが肝要だというのを知ったこの頃の清兵衛である。

表はよい天気である。若葉はみずみずしく輝き、鶯が楽しげにさえずっている。

「ぶらりと歩いてこよう」

腰をあげた清兵衛は、一度自分の書斎に入り、文机に置いている帳面をめくった。いくつもの五・七・五の句がある。季語がなかったり、間違った季語を使ったりしている。ひねるときは気づかず、あとで気づき、太筆で消してしまう。

「川柳か……悪くないかもしれぬ」

独りごちて家を出た清兵衛は、行くあてもなくぶらぶらと鉄砲洲に足を向けた。

隠居暮らしは気ままで気楽であるが、長年、気の抜けぬ町奉行所の与力職にあったためか、一本か二本のたがが外れている気がする。

(まあ、それもよかろう。これが余生というものだ)

内心で自分を納得させながら、ふと思い出す川柳があった。

――役人の骨っぽいのは猪牙《ちょき》に乗せ

頭の固い役人を遊里で饗応《きょうおう》して籠絡《ろうらく》するという句である。

――本降りになって出て行く雨宿り

そのとおりの句だ。

――女房の留守もなかなか乙なもの

よくわかる。

歩きながら、にやにやと頬がゆるむ。

はたと気づけば、鉄砲洲川に架かる小橋をわたったところだった。方角違いである。清兵衛はそのまま向きを変え、鉄砲洲のほうに足を向けた。すぐ先にまた橋が架かっている。昔は名のない小橋だったが、土地の者は鉄砲洲橋と呼んでいる。わたってきた橋は、新小橋と呼ばれていた。

そこは船松町一丁目の北外れで、船松河岸があった。ひょっとして町名と河岸の名は、舟を待つところからつけられたのではないかと思った。

すぐ近くに佃島を行き来する渡し舟の桟橋があるからだ。桟橋には渡し舟が着けられており、ひとりの船頭が暇そうに煙草を喫《の》んでいた。

清兵衛は近くに立って目の前の川を眺める。大川の河口であるが、もうすぐそばが海なので、海なのか川なのかはっきりしないところだ。

沖に二つの島がある。左が人足寄場のある石川島《いしかわじま》。右が佃島だ。石川島への渡し舟は、鉄砲洲橋の北側、本湊町の外れにある。そちらは、主に役人か寄場に入る科人《とがにん》たちが使う舟である。

「ご隠居様……」

ふいの声は煙草を喫んでいた老船頭だった。清兵衛を見あげて心許なさそうな笑みを浮かべた。

「暇そうであるな」

「へえ、そうでもないんですが……」

船頭の名は亀蔵《かめぞう》といった。何度か顔を合わせているがよくは知らない。いつも、今日は天気がよいとか、もうすぐ雨が来そうだ、寒いですね、暑いですねぐらいの言葉しか交わしていない。

清兵衛は桟橋に下りて、渡し舟を見、それから佃島に目をやった。距離にすれば二町ほどだろうか、三町はない。

「弱っちまいました」

亀蔵がぽつりとつぶやいた。

「何か困ったことでもあるのかね」

「大ありでさ。ご隠居様にはお子はおありですか？」

「倅がひとりいる」

「あっしには娘がいるんですが、これがどうにも……」

亀蔵は首を振り、「困った、困った」と、ぼやくようなつぶやきを漏らした。

「娘御がいかがした？」

二

「娘はどうにも男に騙される質でして、十八のとき伊太郎《いたろう》という紙売りに惚れ込んじまいましてね。伊太郎には女房があったんで、駆け落ちしちまったんです」

「駆け落ちを……」

「相州へ行ったことがあとでわかり、それで連れに行ったんですが、腹が膨れていたんであきらめたんです」

「それじゃ、いまは子持ちではないか……」

清兵衛は頰をさする亀蔵を眺める。黒く日焼けした亀蔵の顔には、鑿《のみ》で削ったような深いしわがあり、節くれだった指の爪には黒い垢《あか》が詰まっていた。

「そうなんです。その子を連れてふいと戻ってきたのはいいんですが、今度はわけのわからない男とくっついちまって……」

亀蔵は「はあ、あー」と、深いため息をつく。

「わけのわからない男というのは、どういうことだ!?」

問うと、亀蔵がしわ深い黒い顔を向けてきた。

「こんなことをご隠居様に話したってどうにもなりません。あっしの育て方が悪かったんでしょう。ですが、連れて来た子が不憫なんです」

「まさか娘御が子供の面倒を見なくなったというのではあるまいな」

「そのとおりなんです。うちの嬶《かかあ》が世話を焼いてますが、それじゃよくねえはずです」

「ま、そうであろうな。その娘御の相手は何者なのだ?」

「娘は二十二ですが、相手は八つばかり歳の離れた男なんです。それにどんな仕事をしているかもわかりませんで……。娘の先行きも思いやられますが、子供のことをどうすりゃいいのかと……。あ、こんなことをご隠居様に話しても迷惑なことですね」

亀蔵は申しわけないという顔で頭を下げた。

「迷惑などとは思わぬ。しかし、それは困ったことだな」

「へえ、正直弱っちまってんです。どうしたらいいかと……」

「娘御によくいって聞かせるのが一番であろう。子供を放って男にうつつを抜かしておっては、母親としての務めを放り投げているのと同じだからな」

「まったくそのとおりです」

「されど娘御は帰ってきているのかね」

「あっしがいねえときに、ふらっと戻ってきてるようです。ですが、すぐ出て行っちまうんで、嬶もどこにいるかわからねえと……」

「相手の男のことはわかっているのかね？」

「それもはっきりしないんです」

「どこに住んでいるかわからないということか……」

「へえ」

清兵衛は佃島を短く眺めた。

打ち寄せてくる波が、ちゃぷちゃぷと岸辺で音を立てている。

「おまえさんはいつもここで仕事をしているから、娘御がどこで何をしているのかわからないのだな。その相手の男のことも……」

「わかってりゃ、乗り込んで首に縄つけてでも連れ戻すんですが……」

「娘御の名は何というのだ？」

「きくです。子供は大吉《だいきち》といいますが、この頃は泣いてばかりです。おっかあに会いたい、おっかあに会いたいと……」

元気のない顔でいう亀蔵は、視線を落として足半《あしなか》を履き直した。

清兵衛は大吉という子がどんな顔をしているか知らないが、不憫であることに間違いはない。何とか手を貸してやろうかと思った。

「亀蔵、はなはだ弱っている様子であるな」

「相手の居所でもわかっていれば、話のつけようもあるんですが……」

「一度、わたしが会ってみようか」

ひょいと亀蔵が顔を向けてきた。小さな目をみはって見てくる。

「わたしは暇な身だ。娘御に会って諭してみよう。親のいうことを聞かぬ子はどこにでもいるが、案外に他人のいうことなら素直に聞くということもある」

「しかし、ご隠居様のことをよく知りもせず、そんな無理なことなど……」

「いやいや気にすることはない。それで、おぬしの家はどこだ。女房殿にも会って話を聞いてみたいと思うが……」

亀蔵は腹掛けに手を撫でつけてしばらく迷っていたが、

「ご迷惑じゃございませんか」

と、遠慮がちの顔でいった。

「懸念するなかれ」

清兵衛は笑みを浮かべて答えた。

「家は新小橋の先を行った左側にある長屋です。近所で雑魚店《ざこだな》と呼ばれている裏長屋です。女房はたえといいますが、ご隠居様ほんとうに……」

「ああ、話を聞くだけだ」

清兵衛は「よいよい」といって立ちあがった。

亀蔵の住む長屋はすぐにわかった。なぜ雑魚店といわれるのかわからないが、木戸口を入ると魚臭さが鼻をついた。長屋口のそばに小さな魚屋があるせいだろう。

亀蔵の家は木戸を入った左側の三軒目だった。開け放されている戸口に立つと、居間で塵払《ちりはらい》を振りまわして遊んでいた子供が怪訝そうな顔を向けてきた。鈴を張ったような大きな目をした可愛い男の子だ。

「大吉かい？」

男の子は塵払を二度振っただけだった。そのとき背後から声がかかった。

「何か……」

振り返ると、痩せた年増女が立っていた。洗った器を入れた笊《ざる》を抱え持っていた。

「亀蔵の女房かな？」

「へえ」

「おたえというのだな」

「そうですが、何かご用で……」

おたえは警戒心の強い目を向けてくる。ひょっとすると、おきくがうつつを抜かしている男と思っているのかもしれない。

「わたしは桜木清兵衛という隠居だが、亀蔵とはちょっとした知り合いでな。先ほど困りごとを聞かされたのだ。おきくという娘のことだ」

「ど、どういうことでしょう」

「どうもこうもない。亀蔵はずいぶん弱り切っていた。おきくのことといえば、察しがつくであろう」

「はあ、でもお侍がなぜ……」

もっともな疑問であろう。

清兵衛は亀蔵に話したことと同じことを口にした。じつの親の話は聞かないが、他人のいうことなら聞いてくれるやもしれぬということである。

「それじゃ、桜木様がおきくに説教をしてくださるということですか……」

「説教ではない。説諭してみようと考えているだけだ」

おたえはきょときょとあたりを見まわしてから、

「よくわかりませんが、どうぞお入りください」

と、清兵衛を家のなかにうながした。

おたえの話を聞く清兵衛のそばで大吉は、家のなかを飛びまわる蠅を塵払でたたき落とそうとしていた。

「この子が乳離れしているからまだましなんですが、相手がどんな男なのか、それが心配なんです」

ひととおりのことを話し終えたおたえは、「ふう」とため息をついた。痩せた女で、苦労をしみつけたような顔をしていた。

「相手のこともわからない、居所もわからない。されど、おきくはたまには帰ってくるのだな」

「思い出したように帰ってきて、大吉の様子を見てまた出ていくんです。引き止めても埒があきません。そのたびにこの子は泣きじゃくって……可哀想に。自分の腹を痛めた子ですよ。それなのにほっぽいて男のところに走って行く」

清兵衛は大吉がたたき落とそうしている蝿を目で追いながら考えた。

「おきくがいつ戻ってくるかわからぬか」

おたえはわかりませんと、力なく首を振る。

「大吉のことをどう考えておるのだろうか？　まさか親に預けっぱなしにしているつもりではなかろう」

「近いうちに連れに来る。大吉はちゃんと自分が面倒を見て育てる。それまで少し待ってくれというだけです」

清兵衛は、とにかくおきくに会わなければ話が進まぬと考えた。だが、どうやって会えばよいのだ。まさかいつ来るかわからぬ相手を、この家で待つわけにはいかない。

「おたえ、わたしの家はそこの新小橋をわたってほどないところにある。おきくが帰ってきたら、適当な口実をつけて引き止めておけ。その間にわたしを呼びに来るのだ」

清兵衛はそういって、自宅屋敷の場所を詳しく教えた。

「しかし、桜木様にそんなご迷惑を……」

「かまわぬ。困りごとを聞いて放ってはおけぬだろう。それにこの子の将来があるではないか……」

清兵衛は遮ってから大吉を眺めた。

無邪気な大吉は照れ臭そうな笑みを浮かべた。

三

そこは南新堀一丁目にある平七店《へいしちだな》という長屋だった。手拭いを姉さん被《かぶ》りにし、前垂れをつけているおきくは、居間の掃除を終えると、台所に立ち鍋の蓋《ふた》を開けて見た。

そろそろ旬の終わる筍《たけのこ》を煮ているのだった。蓋を開けたとたん、ふわっとした湯気が顔を包んだ。うまく煮えているようだと、おきくは小さく笑んで鍋を居間の上がり口に置いた。

戸口の先の路地を元気に走って行く子供がいた。「おい、こっちだよ」と、その子が井戸端のほうで呼ぶ声がし、また新たな足音がして小さな女の子が戸口の先を駆け抜けていった。

長屋の奥に住む茂兵衛という大工の倅と娘だった。倅が六歳、娘が四歳だと聞いている。その二人の話し声が途切れ途切れに聞こえてきた。
おきくは隣の屋根をすべり降り土間に射し込む日の光を見て、大吉のことを考えた。明日にでも連れに行こうかしらと思う。安五郎《やすごろう》はそろそろ連れて来ていいぜといってくれている。

家の調度も揃ったし、大吉の居場所もある。その長屋の家は、二間あった。安五郎がおきくのことを思って新たに借りたのだった。

おきくは上がり框に腰をおろし、被っていた手拭いを脱いで、隣の屋根のずっと先にある空を眺めた。もうすぐ日が暮れる。雲は夕日に染められていた。

振り返って家のなかを眺めた。長火鉢に煙草盆、行灯、茶簞笥《ちゃだんす》がある。天井の近くには神棚を飾ったばかりだ。

奥の間には簞笥と畳んだ夜具を囲った枕屛風。その部屋には雨戸があり、濡れ縁もついており、小さな庭があった。庭といっても狭い猫の額だ。それでも南天と柘植《つげ》が植えられていた。

紙売りの伊太郎と駆け落ちしたはいいが、暮らしはきつかった。何かあると伊太郎は怒鳴り、ときに手を出してきた。口論は絶えず、このままではいっしょに暮らせないと思い、大吉を連れて江戸に戻ってきた。

安五郎と知りあったのは、江戸に戻ってきて間もなくのことだったが、伊太郎とちがい頼り甲斐のある男だ。年の差はあるけれど、安五郎はいなせで骨っぽさを感じさせる。

伊太郎はやさ男だったが、安五郎には逞しさがある。初めて声をかけられ、そして抱かれたときに、

（男はこうでなくちゃ）

と、思ったほどだ。

いまでは安五郎なしでは生きていけない。大吉を引き取り、両親に会ってもらいたいが、もう少し待ってくれといわれている。それも広い家に越すまでのことだといわれていたから、明日あたり大吉を引き取りに帰りたい。

「おい、いま帰ったぞ」

秀次《ひでじ》という大工棟梁が道具箱を肩に担いで家の前を通り過ぎた。早かったじゃないと、迎える女房の声がした。

この長屋は実家の九尺二間の家とちがって広い分、店賃が高い。よってそれなりの稼ぎのある人たちが住んでいる。大工の棟梁、商家の番頭、手跡指南の師匠、

酒問屋の仲買人などだ。

安五郎が帰ってきたのは、表がうす暗くなってからだった。

「手の込んだ仕事があって遅くなっちまった」

やれやれだといって、安五郎は居間にあがってどっかり胡座をかいた。

「お疲れ様です。早速つけますか？」

おきくはすっかり女房気取りで安五郎に気を遣う。

「面倒だ。冷やでいいから一杯くれるか。酒はあるだろ」

「へえ、買い置きがあります。少しお待ちを」

ぐい呑みになみなみと酒を注いで運んでいくと、

「だいぶ片づいたじゃねえか。とはいっても、持ち物が少ねえからこんなもんか」

安五郎はそういってから、ぐい呑みの酒を半分ほどほした。

「くー、たまらねえな。いい匂いがするが、何か肴《さかな》でも作っていたか」

「筍を煮たんです」

「もらおうじゃねえか」

おきくは小皿に筍の煮物を盛り付けて運んでいった。

「うめえ……」

安五郎は一口食べて褒めてくれた。おきくは顔をほころばせて、酒を飲む安五郎を眺めた。胸板が厚く肩幅が広かった。日に焼けた顔には高い鼻梁《びりょう》があり、にらみの利く両目を持っている。

一見強面《こわもて》だが、笑うと親しみを感じさせる。その落差が安五郎の魅力だった。

「お店は忙しいのですか？」

安五郎は小網町《こあみちょう》三丁目で損料屋《そんりょうや》を商っていた。

「まあ、そこそこだ。だが、借りたものを返さないやつがこの頃多くなっちまってな。取り立てに一苦労だ。返してもらっても汚れていたり、ほころびがあったり……。苦労すらァな」

安五郎はぐびりと酒をあおる。

「楽な仕事はありませんからね」

そういったおきくを、安五郎がじっと見てきた。にらみの利く据わった目だ。

「おりゃあ、このまま終わる男じゃねえ。おめえとこういう仲になったが、きっといい思いをさしてやる。昔このあたりに河村瑞賢《かわむらずいけん》という男が住んでいたそうだ。知っているか？」

「いいえ、お侍ですか?」

「商人だ。瑞賢という男は、おれと同じで仕事を転々としていたそうだ。今日その話を聞いて感心しちまった。瑞賢は車力や人夫をやったり、人夫相手に漬物屋をやったりしたそうだが、苦労の末に材木屋を開き、そのうち土木仕事で財を築いたそうだ。昔はこの町の半分は、瑞賢の持ち物だったらしい」

「へえー……」

おきくは感心するしかない。安五郎は物知りで、ときどきおきくの知らないことを話してくれる。

「おれもそんな男になりてえと、今日つくづく思った。まあ、いい歳になったがまだくたばるような歳じゃねえからな」

そういって口の端に笑みを浮かべた。これだ、とおきくは思う。黙っていると、怖そうな印象を人に与えるが、ちょっと笑むと人の心を捉える。現におきくはその笑みにコロッとまいったのだ。

「あの、明日あたり大吉を連れに行きたいと思うんですけれど……」

いったとたん、安五郎の顔が引き締まった。

「明日じゃ早すぎる。二、三日待ってくれねえか。どうしても片づけなきゃならねえ仕事があるんだ。それが終わったら、おめえの親にも挨拶をしに行く。大吉もそのとき連れてくりゃいいだろう」

「二、三日ですか……」

「大吉が淋しがっているんです。そろそろ明日にでもと考えていたんですけど」

おきくは顔を曇らせる。

「そんな顔するんじゃねえ。さあ、おめえも一杯やろうじゃねえか」

安五郎がそういったとき、開け放してある戸口に人が立った。

「ここにいやがったか」

あらわれた男は剣呑な目で安五郎をにらんだ。

四

すぐに話は終わるといって家を出て行った安五郎だが、もう半刻（約一時間）が過ぎていた。

おきくは路地に足音がするたびに、開け放している戸口に目をやるが、安五郎ではなかった。おきくの胸にだんだん不安が募ってきた。

それはいまにはじまったことではない。じつは安五郎に対する不審感が心の隅にあったのだ。

安五郎は損料屋をやっているといっているが、詳しい商売のことや人を何人使っているかなどは教えてくれない。その話になると、うまい具合に話をはぐらかすのだ。

それに、おきくの親にきちんと挨拶をするといっているくせに「仕事が忙しい」、あるいは「店が大変な時期だから少し落ち着いてから挨拶に行く」と、延ばし延ばしになっている。

先日まで裏店に住んでいたが、

「こんな狭い家じゃおめえにも倅の大吉にも悪い、おめえの親にも示しがつかねえ。切り詰めた暮らしをしているのは、別れた女房に気前よく有り金をわたしたからだ。だが、おめえと同じ屋根の下で暮らすと決めたからには、ちゃんとしようじゃねえか」

といって、越してきたのだった。何もかも自分と大吉のことを思ってくれている男だ。実家に帰るときも、気前よく小遣いをくれる。

（あの人、ほんとうに損料屋を……）

おきくは胸のうちで疑問をつぶやいた。

損料屋は客から手数料を取って、衣服や布団、あるいは装身具などを貸す仕事だ。安五郎は商売人にしては、言葉つきが荒っぽい。身なりもどこか崩れたところがある。

おきくはそのことを指摘などしなかったが、あるとき安五郎はいいわけめいたことを口にした。

「客のなかには質《たち》の悪いのがいるんだ。借りたものをそのまま持ち逃げしたり、質に入れたり、汚してきたりとな。借りてもらうのはありがてェが、おとなしくしてりゃ甘く見られる。掛け取りだってへいこらしてられねえから、肚を括ってやらなきゃならねえ。下手に出てるばかりが商いじゃないってことだ」

おきくには商売のことはわからないけれど、安五郎の仕事は大変なんだと思った。

しかし、さっき安五郎を迎えに来た男は、いかにもやくざっぽかった。目つきも悪く、大事な話があるからと顎をしゃくったその態度は、その辺の町人ではなかった。

二人はいったいどんな話をしているのだろうか？　戻ってくるのが遅いのは、話がこじれているからかもしれない。まさか口論の末に取っ組み合いの喧嘩なんて……。

おきくはいやな妄想を振り払うようかぶりを振った。それでもいやな胸騒ぎがしてならなかった。

安五郎は日本橋川に架かる湊橋の近くで、久蔵《きゅうぞう》と向かい合っていた。月と星あかりだけが頼りの暗がりである。

「それでどうする気だ？」

久蔵は底光りのする目でにらんでくる。痩せた男だが、向こう気が強く喧嘩慣れしている。歳は安五郎よりふたつ上だ。

「久蔵さん、いい掛かりだといってるでしょう。おれはちょろまかしてなんかいませんぜ」

「おめえ、そこまで白ばっくれるか。証拠があんだよ。掛け取りの金をてめえの懐に何度入れた」

安五郎は大きなため息をついて、一度夜空を仰ぎ、久蔵に視線を戻した。このまま白を切っても通用しないようだ。だったら取り引きするしかない。

「久蔵さん、聞きますが、旦那にいわれてきたんですか？　それとも久蔵さんの一存ですか？」

「旦那は気づいちゃいねえ。だが、おれは黙って見過ごすことができねえ」

「正直にいいますよ。たしかにおっしゃるとおり、何度か誤魔化しはしましたが、大した金じゃありません。久蔵さんだってやったことあるでしょう」

久蔵はぴくっとこめかみの皮膚をふるわせた。

「おれだけ責めるってェのは、道理が通らねえでしょう。おれのことを旦那に告げ口するっていうんなら、おれだって久蔵さんのことを話しますぜ」

「てめえ、人の足許見やがって……だがよ、てめえは派手にやりすぎる。まあ、小金の誤魔化しなら旦那だって了見してるだろうが、てめえのようにしょっちゅうやってりゃおれだって、黙っていられねえんだ」

「もうやりませんよ。真面目に勤めますから……」

久蔵は短くにらんだあとで、

「家移りしたというのは聞いていたが、いい長屋に越してるじゃねえか。店賃だって高ェだろう。それにあの女は、新しいコレか」

と、小指を立てた。

「子持ちの可哀想な女なんでしばらく面倒を見てやるだけです」

「どうせ、捨てるんだろう。せいぜい女の恨みを買わねえことだ」

余計なお世話だと、安五郎は肚のなかで毒づくが、口の端に笑みを浮かべただけだった。

久蔵はそんな安五郎を冷え冷えとした目で短く眺めると、

「金輪際《こんりんざい》、ちょろまかしは許さねえからな」

と、吐き捨てるようにいって、湊橋をわたっていった。

安五郎は立ち去る久蔵をしばらく見送っていた。殺してやろうかと、心の隅に凶悪な考えが浮かんだ。久蔵はてめえのことを棚にあげて、他人にもっともらしいことをいういけ好かない男だ。

「くそッ」

安五郎は吐き捨ててから長屋に戻ることにした。

勤めている備後屋《びんごや》という損料屋の主は、六十半ば過ぎの耄碌爺《もうろくじじい》だった。帳付けをする番頭もいるが、掛け取りをする安五郎は客から預かる金を誤魔化すことができた。それは久蔵から教えてもらったことだ。

仮に五百文の掛け取りがあったとすれば、五十文ほど懐に入れ、店には客がどうしても払いができねえというから五十文負けてきたと報告する。店にとってそれほどの損にならないし、番頭も主も安五郎のいうことを信用してくれる。

だから十文二十文の誤魔化しは始終である。小金も塵も積もればなんとやらで、それなりの稼ぎになる。給金は安いが、誤魔化し金のおかげで懐を温かくすることができた。

「遅くなっちまった」

家に戻っておきくに声をかけると、

「遅いから心配したではありませんか」

と、拗《す》ねたような顔を向けてきた。

五

「あ、も、もう……」

おきくは安五郎にしがみついた。背中にまわした両手に力を入れ、

「すぐに離れないで」

と、甘えた囁き声を流す。

何度も大きな波が来た。ハアハアと乱れた呼吸が少しずつ収まっていくが、愉悦の余韻は体中を駆けめぐっている。

駆け落ちをして別れた伊太郎は、自分だけ先に果てると、それで終わりだった。男女の交わりはそんなものだとおきくは思い込んでいた。

ところが、安五郎は伊太郎とはまったくちがった。これでもかと責め立てて女の悦びを教えてくれた。一度交わると、おきくは身も心もとろけるような大きな波に体を打ちふるわせる。その波は何度もやってくる。

(もう、この人なしじゃいられない)

と、思いもする。

呼吸が整ったところで、上にいた安五郎が横に体を移して仰向けになった。おきくは足をからませて、安五郎の厚い胸板に頬をつけた。

「お願いがあるの」

「なんだ?」

「明日、大吉に会いに行きたいんです。そのとき、安五郎さんのことを話していいかしら……」

短い間があった。

「そうだな。あんまり親に心配かけちゃ悪いな。いつまでも黙ってるわけにもいかねえだろう」

「じゃあ、話してきます」

翌朝、おきくは仕事に出かける安五郎に声をかけた。

「今日、行ってきますから」

戸口で立ち止まって振り返った安五郎は、

「実家に帰ってくるんだったな。戻りは遅くなるかい？」

と、問うた。

「夕方には戻ってきます」

「大吉に飴でも買ってやんな」

安五郎はそういって、懐から取りだした財布をぽんとおきくの胸に押しつけた。

こういう気前のよさも、おきくの安心材料だった。

「ありがとうございます。遅くなりませんから、安五郎さんも気をつけて」

「ああ」

安五郎はそのまま長屋を出ていった。

昨夜、目つきのよくない男がやってきて、安五郎が話し合いに行ったことへの不安はすっかり消えていた。

おきくは台所の片付けをすますと、髪に櫛を入れてから長屋を出た。途中で土産にと飴と饅頭を買った。

大吉のことはいつも頭にあるから会うのが楽しみだった。自然歩く足が速くなった。急ぎながらも安五郎のことをどう話そうかとあれこれ考える。父親にも面と向かって話すべきだろうが、この刻限には仕事に出ているから会えない。でも、渡し場に行けば会えるかもしれないと思い、新小橋をわたったところで、左に折れて佃の渡し場に行ってみたが、やはり父親の姿も渡し舟もなかった。

そのまま実家の長屋に入って戸口に立つと、居間にいた大吉が、さっと顔を振り向けてきて目を輝かせた。

「おっかあ！」

嬉しそうな声をあげるなり、立ちあがって上がり框までやってきた。台所仕事をしていたおたえが無愛想な顔を向けてきて、

「あんた、いったい何を考えてんだい？　大吉は大事なひとり息子だろう。それを親に預けて、どこで何をしてんだい。母親だったら、もっとそれらしいことを

するべきじゃないのかね。ほんとうに、どうなっちまってんだい」

と、ため息をつく。

「おっかさん、せっかく帰ってきたのに、端《はな》から小言はよしとくれよ」

「おとっつぁんだってあきれてんだよ。親の心配も知らないで……」

「心配かけているのはわかっているわよ。いろいろと事情《わけ》があるのよ。でも、今日はちゃんと話をするから。大吉、飴食べるかい？　それとも饅頭がいいかい。うまそうだったから買ってきたんだよ」

おきくは居間にあがってからいった。

「どっちも！」

大吉は嬉しそうな顔で元気に答える。

「はいはい、欲張りだね。おっかさんも饅頭食べない？」

おきくは渋面をしているおたえにも勧めた。

「わたしゃ腹減ってないからいいよ。それで話をするってどんなことだい」

おたえは姉さん被りにしていた手拭いを剝《は》ぎ取って居間にあがってきた。大吉は饅頭を頬張りながらも、おきくのそばから離れようとしない。

「いい人ができたっていっていたでしょう。その人は損料屋をやっている人で、安五郎さんというの。商売をはじめて間もないので、何かと忙しくておとっつぁんとおっかさんに挨拶に来られなくて申しわけないといっているわ。でも、やっと仕事が落ち着いたから近々挨拶に来るって、そういっていたわ」

「損料屋……安五郎……」

「そう」

「店はどこにあるんだい？」

「小網町よ」

「ふうん。それでおまえはいつもどこにいるんだい？　その安五郎って人の家にいるのかい」

母親は不機嫌そうな顔を向けてくる。

「そうよ。ちょっと前まで裏店に住んでいたけど、広いところに家移りしたのよ。それも大吉のことを考えてのことよ」

「ちょいお待ち。おまえ、まさか、その安五郎って人といっしょになるつもりなのかい」

「……そのつもりよ。安五郎さんもそのつもりだし」

おたえは目をしばたたいてから、言葉をついだ。

「紙売りと駆け落ちしていなくなり、子供を連れて戻ってきたはいいけど、幾日もたたずに男を作って大吉をこの家に預けて、おまえは留守ばかり。そしてたまに帰ってきたと思ったら、知りあった男といっしょになる。そんなことをめでたがる親がどこにいると思うんだい」

「おっかさん、そう目くじら立てなくてもいいじゃない。わたしだって悪いと思っているわよ。大吉の世話をしてもらっているし、おっかさんやおとっつぁんが気を揉んでいるのもわかっている。でも、わたしはわたしの幸せを見つけなきゃならないのよ。女手ひとつで大吉を育てていくのは大変じゃない」

「その安五郎って人は頼れる男ってことかい」

「会えばわかるわよ」

おたえは太いため息をつくと膝許を見て短く黙り込み、

「すぐに帰るんじゃないだろうね。おとっつぁんにも会っていってもらいたいんだけどね」

と、顔をあげていった。

「夕方まではいるわよ」

おきくがそう応じると、おたえはやりかけの台所仕事に戻り、しばらくしてから、

「ちょいと出かけてくるけど、どこにも行かないでおくれよ」

と、釘を刺すようなことをいって家を出て行った。

六

清兵衛は文机の前に座り、川柳をひねっていた。

滑稽味のある句を作るのだと気負い込んだが、いざ筆を執ると、なかなか浮かんでこない。日常の、その辺に転がっている話を種にして作ればよいとわかっているのだが、うまくまとまらない。

そうだ、まずは句題だと思いつき、何にしようかと考えたところで船頭の亀蔵のことを思い出した。

娘のことで頭を悩ましている。痩せ女房のおたえもそうだ。

（娘か……）

内心でつぶやき、空に浮かぶ雲を眺める。そのとき、いくつかの川柳を思い出す。

箱入りを隣りの息子封を切り

これは駆け落ちしたおきくにいえることだ。伊太郎という紙売りと駆け落ちしたおきくは、子供を連れて戻ってきた。

母親の油断娘のはなし飼い

これもそうだ。母親のおたえが油断したことで、おきくには新しい虫がついた。しかし、これは人が作った川柳である。自分も作ろうと思う。

「あなた様、あなた様……」

玄関のほうから安江の声が聞こえてきた。とたん、娘ではなく「妻」を句題にしようと思い立つ。

そこをどけ　邪険な妻の　やさしさよ――つまらん。

若い妻　歳を重ねて　婆になる――つまらん。安江には見せられぬ。

おだてれば　喜ぶ妻の　深いしわ――これも安江には見せられぬ。

「あなた様……」

がらりと襖が開けられ、安江が顔をのぞかせた。そのことで清兵衛は我に返った。

「なんだね」

「何度もお呼びしているのに、お耳が悪くなられましたか」

安江の目に少し険があった。

「おたえさんという方が見えています。ご存じの方……？」

清兵衛は一瞬、おたえと胸のうちでつぶやき、すぐに気づいた。

「おお、亀蔵の女房だ。どこにいる？」

「玄関でお待ちです」

清兵衛はすぐに腰をあげると玄関に向かった。おたえが畏まった顔で待っていた。

「いかがした？」

「帰ってきました。夕方まではいるそうです」

「おきくが帰ってきたのだな。いま家にいるのだな」

「います。いますが、相手のことを話してくれました。損料屋を商っている安五郎というそうで、いっしょになりたいといいます」

「なに、いっしょになりたいと……」

「はい、親がよく知りもしない男です。商売をやっている人ならと思いますが……わたしゃ、気が気でなりません。親のいうことには耳を貸さない素振りですし……」

おたえは困ったという顔をする。

「よし、わしが行って話を聞いてみよう」

清兵衛は居間にいる安江に出かけてくるといって、そのままおたえの長屋に向かった。歩きながら、おたえからあらましを聞いたが、相手がちゃんとした商売人なら、ひょっとすると玉の輿《こし》に乗れるのかもしれないと思った。

「その安五郎という男が、損料屋の主ならおきくは宝物を見つけたのかもしれぬぞ」

「宝物……」

「さよう、おきくが玉の輿に乗るということだ。子連れの女を引き取ってくれるのだから、奇特な男かもしれぬではないか」

「そうならいいのですが……」

おたえは顔を曇らせたまま応じる。よくはわからぬが、娘のことをあまり信用していないようだ。

「まあ、よい。とにかくわしが話を聞こう」

おたえの長屋に行くと、おきくという娘は倅の大吉とけん玉遊びをしていた。大吉はきゃっきゃっと楽しげに笑っている。

「おきく、ちょいと……」

おたえの声でおきくが笑顔を振り向けてきた。その笑顔がすうっと真顔になり、怪訝そうな目を清兵衛に向けた。

両親のよいところだけをもらった涼しげで男好きのする顔をしている。一言でいい表すなら小股が切れあがった色っぽい女。

「桜木清兵衛と申す。隣町に住んでいる隠居である。そなたのおとっつぁんとは、ちょっとした知り合いでな」

「はあ……」

おきくは瓜実顔《うりざねがお》をかしげる。

「おまえがいい加減なことばかりするから、心配してくださってるんだよ。桜木様、どうぞお入りください」

清兵衛はおたえにうながされ、居間の上がり口に腰掛けた。大吉が無邪気な笑い声をあげながらけん玉遊びをつづけている。

「まあ、直蔵に話そう。そなたについてのあらましは、亀蔵とおたえから聞いているが、安五郎という男といっしょになりたいそうだな」

「あの、なぜ、そんなことを……」

「おまえがわたしらの話をちゃんと聞いてくれないから、代わりにしてもらうんだよ」

茶を淹れるために台所に立っているおたえが口を挟んだ。清兵衛は、「まあ」と手で制して、言葉をつぐ。

「いっしょになりたいという男は、損料屋をやっている安五郎というらしいな」

おきくは戸惑った顔で目をしばたたく。

「歳はいくつだね？」

「歳ですか……三十ですけど……」

「すると、そなたと釣り合いの取れる歳であるな。三十といえば、これまで女房をもらっていてもおかしくない歳だ。それに店の主ならなおさらだろうが、安五郎には女房や子供はいないのかね」

「あの、どうしてそんなことを話さなきゃならないんです。わたしは桜木様のことをなにも知らないんです。そんな人に内輪のことを話す気はありません」

おきくは涼しい目を険しくする。

「まあ、わかる。されど、親を泣かすようなことは慎まねばならぬ。大事に育ててくれた親への恩義があるであろう。駆け落ちをして子を作って戻ってきたのはよいとして、新たな男ができた。その相手のことが何もわからず、大事な自分の子を親に預けっぱなしでは、やはり道理がとおらぬ。そうではないか」

「……説教をされに来たのですか？」

「話を聞かせてほしいだけだ。親が安心するような話を……」

おきくはおたえをにらむように見て、清兵衛に顔を戻し、小さく嘆息した。

「なにを話せばいいんでしょう」

七

おきくは突然あらわれた見も知らぬ侍に戸惑いを覚えはしたが、相手の穏やかな口調と人を包み込むような笑みに嫌悪感はなかった。内輪のことに首を突っ込んでほしくないという思いもあるが、たしかに親に迷惑をかけることはよくないと重々承知している。いつかは恩返しをしたいという思いも心の底にはある。

――親を泣かすようなことは慎まねばらぬ。大事に育ててくれた親への恩義があるであろう。

そういわれたとき、おきくは胸を痛めた。だから、桜木清兵衛という侍に折れて話すことにした。

「安五郎という損料屋の主とは、どうやって知りあったのだね？」

やはり桜木は口の端に笑みを浮かべて聞いてくる。

安五郎と知りあうきっかけは、江戸に戻ってきて間もなくのことだった。しかし、そのことを正直に打ちあける気にはならない。なぜなら、尻の軽い女だと思われそうだからだ。実際、そんなことをしたのだ。それに、母親のおたえがそばにいればなおさらのことである。

だが、おきくは安五郎と初めて会ったときのことを、はっきり覚えている。

甲斐性のない伊太郎と別れ、大吉を連れて江戸に戻ってきたが、親をあてにしては悪いと思い、早速仕事探しをはじめた。

口入屋の紹介で新川の酒問屋に行ったが、店の主と番頭が向けてくる視線に、嫌悪を感じた。二人とも女を品定めするような目だったのだ。

相手は雇ってもよいといったが、おきくはその気になれなかった。つぎに行った小網町の船宿も気乗りしなかった。

そうこうしているうちに雨が降ってきたので、おさくは思案橋そばの茶屋で雨宿りをした。同じように雨宿りをしている人がいて、そのなかに安五郎がいたのだ。

たまたま同じ床几に座っていたからか、安五郎に話しかけられた。

「どこまで帰るんだね？」

「鉄砲洲のほうです」

「近くねえな」

安五郎は斜線を引く雨を見ながら短く考えていた。その横顔を見たとき、おきくはドキッと胸を脈打たせた。男っぽいと思ったのだ。伊太郎にはなかった男らしさがあった。それに着物の着方がいなせでもあった。

「いい女を雨に濡らせちゃ可哀想だ。迷惑でなかったら途中まで送ってやろう。この雨はすぐにはやまないぜ」

おきくは親切は嬉しいけれど、大丈夫ですからとやんわり断った。だが、安五郎は雨のなかに飛び出してすぐに戻ってきた。近所で傘を買ってきたのだ。そこまでしてくれるなら断れない、と思い安五郎の言葉に甘えた。

正直なところ安五郎の厚意を素直に受けたのは、自分の好みの男だったからでもある。

二人、ひとつの傘で歩きながら安五郎は自分のことを話した。所帯を二度持ったが、いまは独り身だということ。損料屋という商売をはじめたということ。そして、苦労してきたが、いまその苦労を実らせる時期が来たということだった。

おきくはそんな話を聞きながら、この人は正直な人で頼れる男だと思った。それにおきくのことを詮索しなかったことも気に入った。ほんとうは聞いてほしいと思ったが、黙っていた。

「縁があったらまた会おうじゃないか。ま、そんなことは滅多にありはしないだろうが、おれはときどきあの茶屋で休んでいるんだ。近くまで来たらのぞいてくれると嬉しいな。それじゃ気をつけてな」

別れ際に安五郎は傘をおきくに持たせると、そのまま背を向け、雨に濡れながら帰っていった。

（あ、傘を……）

おきくが追いかけようとしたとき安五郎が振り返って、傘は受け取らないというように首を振った。それがまたおきくの心を熱くした。

それから日を置かずに仕事探しをつづけたが、そのじつ安五郎を捜している自分に気づいた。決まって傘を持って長屋を出るのも、安五郎に会う口実になるからだった。

そして、雨の日から五日後に、思案橋そばの同じ茶屋で安五郎に会うことができた。

「律儀に返しに来てくれたのかい。嬉しいねえ」

安五郎は喜んでくれた。それから世間話をしているうちに、時間があるなら少し付き合ってくれないかといわれた。傘を返しに来てくれたお礼をしたいというのだ。

「お礼ならわたしがしなければなりません」

「なに、あんたの律儀さが気に入ったんだ。いまどきめずらしいことだから、嬉しいんだ」

そういって連れて行かれたのは、船宿の二階だった。おきくは酒をちびちび飲む安五郎に付き合って、自分も酒を飲んだ。そして、自分が駆け落ちしたこと、子供を連れて実家に帰ってきたことを話した。

安五郎は同情してくれた。苦労するねとか、いやな思いをしたんだろうなと、心のこもった顔でいってくれた。

船宿は男女密会の場にも使われるので、小部屋での話だった。酒の勢いもあったが、安五郎がふと伸ばしてきた手を拒むことができず、そのまま受け入れてしまった。

そうなると、あとはずるずると安五郎の虜になってしまい、安五郎はなおも、

「仕事なんか気にするな。おれが面倒を見てやる」

と、いってくれた。

おきくはやっといい男にめぐり会えた、と心の底から思った。


「話したくないのかね?」

桜木清兵衛の声で、おきくは現実に立ち返った。

「いえ、雨の日に親切をしてもらったのです」

そのときのことをかいつまんで話した。

「それがきっかけになっていい仲になったということか。出会いはどこにあるか

わからぬからな。それで、安五郎は損料屋をやっているらしいが、どこでやっているのだね」

桜木はおたえが差し出した茶に口をつけた。

「小網町です。わたしはまだ行ったことがありませんが、ようやく仕事が落ち着いたので、大吉といっしょに住める広い家に越してくれたのです」

「すると、それまでは……」

「元大坂町の裏店でした。仕事がうまくいくまでは贅沢はできないので切り詰めていたのです」

「感心なことだ。安五郎はよほどしっかり者なのだろう」

ええ、と小さく応じるおきくは、安五郎のことを認められて嬉しくなった。

「安五郎には別れた女房がいたと聞いているが、そうなのかね」

「ええ、二人いると聞いています。いまの家に越す前は裏店住まいでしたが、それも前のおかみさんと別れたときの手切れ金があったからなんです」

「感心だ。別れたはいいが、潔く面倒を見たのだね。それでこそ男だ」

安五郎が褒められると、おきくはやはり嬉しくなり、自然に笑みが浮かぶ。おっかさん聞いている、そういう人なのよと、心のうちでつぶやく。

「安五郎の仕事はうまく走り出した。これまでは仕事一途で忙しくて、おまえさんの親に挨拶に来ることができなかった。そういうことなんだろう」

「そうなのです」

おきくはそういっておたえを見る。「おっかさん、わかった？」と、また胸のうちでつぶやく。

「おたえ、どうやらおきくはいい男を見つけたようだ。心配は取り越し苦労だったのかもしれぬ。ここは娘を信用してみたらどうだね。安五郎も怠りなく挨拶をしに来るといっているらしいではないか」

「……そうですね」

おたえはしおらしい顔で桜木に答えた。

八

おきくからあらかたの話を聞いた清兵衛は、満足したわけでも安堵したわけでもなかった。おきくに危うさを感じ、安五郎という損料屋の主に胡散《うさん》臭さを覚えた。

こういったことは、かつて風烈廻り与力として辣腕《らつわん》をふるった清兵衛の勘である。

むろん、聞いたことを真に受ければ、安五郎はなかなかの商売人で、おきくは大吉共々安泰な暮らしができるはずだ。

しかし、安五郎はこれまで一度もおきくの両親に挨拶に来てもいなければ、おきくを女房扱いするように自分の家に引き止めてもいる。しかも、おきくに大吉という倅がいることも知っているのだ。

まともな男ならおきくを倅のいる家に帰すだろうし、筋を通して親に許しを得るのが人の道のはずだ。

また安五郎だけを問題視するわけにもいかない。おきくは容姿も顔も男好きのする女だし、情にほだされやすそうでもある。

（さて、どうしたものか……）

歩きながら腕を組む清兵衛は、おきくの父親・亀蔵に会うために佃の渡しに向かっているのだった。最初に相談を受けたのは亀蔵である。家に帰ればおたえから話を聞けるだろうが、ひとまず報告だけしておきたかった。

だが、渡し場に行っても亀蔵の姿も渡し舟もなかった。清兵衛はしばらく岸壁に座って佃島に目を注いだ。海鳥が鳴きながら舞い交っており、佃島は燦々《さんさん》とした光に包まれていた。

小半刻ほど亀蔵を待ったが、渡し舟のやってくる気配はなかった。

（明日でもよいか）

清兵衛はそのまま渡し場を離れた。足は小網町に向く。おきくの男・安五郎は、小網町で損料屋を営んでいるという。備後屋という屋号も聞いたが、おきくはその店がどこにあるのか知らないし、行ったこともないといった。おかしなことである。

なぜだと問うたら、安五郎に「男の仕事場に女が来るのは愚の骨頂だ」と、釘を刺されたかららしい。

とにかく備後屋だけでもたしかめておこうと小網町に足を運んだ。損料屋の備後屋がどこにあるかわからないので、三丁目の自身番に行って訊ねると、二丁目にあるという。

「主は安五郎というはずだが、知っているかい？」

清兵衛が訊ねると、聞かれた書役は目をまるくして、

「備後屋さんの主は、安五郎という名ではありませんよ。富三郎《とみさぶろう》さんです」

「なに」

清兵衛は眉を動かした。

「損料屋は他にもないかね」

「一丁目横町にもありましたが、一年ほど前でしたか店を閉めたので、いまは二丁目の備後屋だけしかありませんが……」

腑に落ちないが、とにかく備後屋が二丁目のどこにあるかを教えてもらった。

備後屋は表通りに面した店ではなく、一本脇道に入ったところにたしかにあった。間口は小さい。直接訪ねて行けばよいが、清兵衛は安五郎に怪しまれるのを嫌い、近所の店の手代に、備後屋に安五郎という男がいるかと聞いてみた。

「安五郎さんならいますよ。この裏の長屋にいつも詰めています。商売道具の荷物を置いただけの家ですけど」

損料屋は布団を貸すことが多い。布団はかさばるので、店には収まりきらないだろうから長屋の一部屋を借りて倉庫代わりにしているのだろう。

その長屋にも足を運んだが、倉庫代わりの家は閉まっていた。腰高障子には「損料屋　備後屋」という文字がのたくっていた。

清兵衛はもう一度さっきの手代に会って話を聞いた。

「あの人は備後屋の使用人ですよ。使用人といっても掛け取りがもっぱらの仕事のようですが……」

安五郎は備後屋の主ではなく、使用人だった。しかも掛取屋。清兵衛は内心であきれたが、それが表情に出たらしく、

「あの人がなにかやったんでございましょうか」

手代が好奇心の勝った顔を向けてきた。

「たいしたことではない。聞きたいことがあるだけだ。とはいっても、このこと他言しないでくれるか。内密なことなのだ」

清兵衛は口止め料代わりの心付けをわたして手代と別れた。

小網町をあとにしたときには日が傾きはじめていた。家路を急ぐ職人の姿が見られ、買い物に出かけるらしいおかみが、長屋の木戸から出てくる。

清兵衛は歩きながら会ったこともない安五郎という男への不信感を募らせていた。安五郎はおきくに嘘をついている。おきくはそれを嘘だと知らずに、安五郎を信用している。

要するにおきくは騙されているといっていい。亀蔵とおたえの懸念どおりということになる。

（さて、どうしたものか……）

清兵衛は夕暮れの道を歩きながら考えをめぐらした。とりあえず、真相がわかったからには、亀蔵夫婦にはこのことを伝えておかなければならない。

自宅の近くを通り過ぎ、そのまま亀蔵の長屋に入った。すぐに大吉らしい男の子の泣き声が聞こえてきた。

「おっかあ、おっかあ」

と、ぐずるような泣き声をあげている。

案の定、亀蔵の家の戸口まで来ると、泣きじゃくっている大吉をおたえがあやしているところだった。亀蔵も帰っており、居間の縁に座って困り顔をしていたが、清兵衛に気づくとさっと立ちあがった。

「これはご隠居様、おきくと話してくださったそうで……」

「そのことだ」

清兵衛は敷居をまたいで三和土に入った。大吉が急に泣き止み、悲しげな目を向けてきた。泣き濡れた幼い子供の顔を見るだけで、清兵衛の心が痛む。

「おきくがいっしょになりたいといっている安五郎だが、備後屋の主ではなかった」

「えっ」と、おたえが驚けば、「はあ」と、亀蔵がぽかんと口を開ける。

「備後屋の近くへ行ってわかったことだ。安五郎は備後屋に雇われている掛取屋だった」

「掛取屋……それじゃ話がちがうじゃねえか」

亀蔵はおたえを見る。

「騙されているのかもしれぬ。それでおきくはどこだ？」

「もう帰りました。この子を置いて……」

おたえが力なく答えて、大吉を眺めた。

「安五郎の住まいだが、聞いておらぬか？　おきくはそこへ帰ったのだろう」

「それが教えてくれないんです。明日か明後日には安五郎さんを連れてくるからと。大吉もそのときに引き取るといいまして……」

清兵衛は「うむ」と、短くうなった。

九

「今朝見えた方ですけれど、いったいどなた様なのかしら？」

浴衣に着替えるまで口を利かなかった安江が、口の端に笑みを浮かべて見てきた。もっとも目は笑っていなかった。

「佃の渡しで船頭をやっている亀蔵の女房だ。娘のことで相談を受けてな……」

「船頭のおかみさんでしたか」

安江の頬に安堵の色。

「それで娘さんがどうかなさったの？」

安江はいつもの顔になっていた。

「おきくという子持ちの娘がいる。子供は駆け落ちをしてできた子だが、実家に戻ってきたのだ」

清兵衛はそういってからあらましを話してやった。

「それじゃ、おきくさんは騙されているのではありませんか」

「誰が聞いてもそう考えるであろうな。しかし、おきくは安五郎を頼り切っている様子だ。安五郎は二度所帯を持っていたが、いずれも離縁している。そして、おきくといっしょになれば三度目の正直ということになるが、信用のおけぬ男だ」

「どうなさるおつもりで」

「安五郎のことをもっと調べなければならぬだろうな」

清兵衛は奥座敷から居間に移って腰を据えた。

「二度の離縁をした男が、子連れの女を引き取るということですか……」

「世間にはそういうこともままあるのだろうが、安五郎が嘘をついているのが気に食わぬのだ。冷や酒をもらえるか」

「はい」

安江が酒の支度にかかると、清兵衛は夕闇の漂いはじめた表を眺めた。空はまだ仄《ほの》あかるいが、木々の葉は黒く翳《かげ》っていた。

もう外は暗くなった。

戸口は開けているが、安五郎の帰ってくる気配はない。

おきくは夕餉の支度を終えて、安五郎の帰りをいまかいまかという思いで待っているのだった。普段なら暮れ六つ（午後六時）を過ぎることはないのに、すでに六つ半（午後七時）は過ぎていた。

路地に足音がするたびにおきくは戸口に顔を向けるが、足音の主《ぬし》はちがう家の亭主だったり、おかみだったりだ。

今朝は遅くなるとは、安五郎はいわなかった。仕事が忙しくてたまたま遅いだけかもしれないと思うが、昨夜、安五郎を訪ねてきた目つきの悪い男のことが脳裏にちらつく。

昨夜、その男と話し合って帰ってきたとき、安五郎は仕事で面倒なことがあったといっただけだった。どんな面倒事なのか気になったが、安五郎は詳しく聞かれるのを嫌がるように酒を飲んだ。

しかし、今朝は普段通りの顔をしていたし、実家に帰ってくるといったおきくに、大吉に飴でも買ってやれと財布をわたしてくれた。

（きっと仕事が忙しいのね）

おきくは悪い考えを振り払うように立ちあがると、台所に行って冷めた煮物を温め直すことにした。

しかし、その夜、安五郎はついに帰ってこなかった。

眠れない夜を過ごしたおきくは、夜の明ける前に起き、長屋の表で通りを眺めたり、家に戻ってもすぐに戸口を出たりした。

こんなことなら備後屋の場所をちゃんと聞いておけばよかったと、いまさらながら後悔する。

その朝、清兵衛は五つ（午前八時）の鐘を聞く前に自宅屋敷を出た。歳を取ってからというもの早起きになった。夜中に厠に立つこともしばしばで、一旦目が覚めるとなかなか寝つけなくなっている。

昨夜は夜中に厠に行って戻ってきたきり眠れずに、ずっと安五郎とおきくのことを考えていた。まずは安五郎のことを調べなければならない。そのために清兵衛は備後屋に行くことにしたのだった。

通りに軒を列ねるどこの商家も戸を開け、暖簾を掛けていた。出仕する侍、振り売りの行商人、仕事場に向かう職人たちの姿があった。町のどこかでさえずる鶯の声が空に広がっていた。

甘味処「やなぎ」の前を通ったが、人を和ませるおいとの姿はなかった。いれば声をかけるつもりだったが、そのまま素通りして小網町二丁目に足を向ける。

それは備後屋の近くまで行ったときだった。表通りに面した自身番の前が少し騒がしくなっていた。自身番をのぞき込んでは立ち去る者がいるし、「見世物じゃねえ」といって人払いをする岡っ引きの姿もあった。

清兵衛は備後屋のある脇道に入る前に、自身番の様子を見に行った。

「おいおい、お侍。用がなけりゃ寄らねえでくれ」

上がり框に座って茶を飲んでいた岡っ引きが、清兵衛を見るなり迷惑そうな顔を向けてきた。知らぬ顔である。

「何があったのだ？　妙に騒がしいが……」

自身番をのぞくと、詰めている書役も番太も知らない顔だった。

「お侍には関わりのねえことです。親方、戸を閉めちまうか」

岡っ引きはそういって、親方と呼ばれる書役を見た。

「もうすぐ旦那が見えますから」

書役はそんなことをいった。

清兵衛は表の床几に座った。書役のいう旦那とは、町奉行所同心をさしているにちがいない。つまり、厄介ごとが起きているということだ。

床几に座ってすぐのことだった。二人の奉公人らしき男がこわごわした顔で近づいてきて、自身番をのぞき込み、「いないいな」と互いの顔を見合わせた。

とたん、自身番のなかから、

「野次馬はごめんだ。あっち行け。しッ」

という岡っ引きの声が聞こえてきた。

二人の奉公人は首をすくめて戻ろうとしたが、清兵衛が呼び止めた。

「何があったのか知っておるのか？」

立ち止まった二人は、揃ったように縞木綿のお仕着せに前垂れをつけていた。

「昨夜、喧嘩があったのです」

丸顔がいえば、

「刺された人は夜中に息を引き取ったらしいのです」

と、色白の男が言葉を添えた。

「物騒なことだ。それで下手人はどうした？」

「備後屋の使用人で、この番屋につながれていると聞いたんですけど」

色白が「なあ」と、同意を求めるように丸顔を見た。

清兵衛は眉宇をひそめて自身番の戸口を見、すぐ二人に顔を戻した。

「捕まっている下手人はなんという？」

「安五郎という男です」

十

清兵衛は人を刺し自身番につながれているのが安五郎と知り、驚きを隠しきれってもない顔で立ちあがった。だが、調べはこれから行われる。町奉行所の元与力であっても、いまは隠居の身だから下手に口出しはできない。

清兵衛は目の前の二人に詳しいことを知らないかと問うた。すると、色白が詳しいことはわからないが、備後屋が借りている長屋で騒ぎが起きたと答えた。

備後屋が倉庫代わりに借りているところだ。清兵衛はすぐにその長屋に向かった。

亭主連中の出払った長屋は静かだったが、備後屋の借りている家の戸は半分壊れ、障子が破けていた。清兵衛は二軒先の家から出てきたおかみを捕まえて、

「昨夜、ここで喧嘩騒ぎあったらしいが、どういうことか知らぬか？」

と、問うた。

四十過ぎの大年増が訝しそうな顔を向けてくるので、

「あやしい者ではない。わたしは桜木清兵衛と申す」

と、名乗った。

「町方の旦那さんでしたか」

相手はそう思ったらしい。

清兵衛が麻の羽織をつけてきたのが、らしく見えたのだろう。それに、清兵衛

は元与力だったから、それらしい雰囲気を持ち合わせている。

「ここは備後屋が借りている家であったな。喧嘩沙汰があって、安五郎が相手を刺している」

「もうそりゃびっくりしましたよ」

おかみは喧嘩騒ぎの一部始終を見ていた。

「いきなり怒鳴り合う声がして、家を飛び出すと、罵り合いながらの取っ組み合いです。まるで野良犬の喧嘩のような騒ぎでした。仕事から戻ってきた亭主もいましたが、誰も止めることができません。それで安五郎さんが包丁を持ちだして、久蔵さんを刺したんです」

それは昨日の暮れ六つ（午後六時）頃の出来事だったらしい。

「騒ぎを聞いた助十《すけじゅう》親分が止めに来たときには、もう久蔵さんはそこに倒れていました」

助十というのはさっき自身番にいた岡っ引きだろう。

「それじゃ安五郎は助十に捕まったのだな」

「そうです。さっき聞きましたけど、久蔵さんは死んだそうですね」

うむと、暗にうなずいた清兵衛は、おかみに礼をいってまた自身番に引き返した。戸口に二人の男が立っていた。二人とも小者である。ひとりは清兵衛の知り合いだった。

「これは桜木様……」

と、声をかけてきたので、清兵衛は口の前に指を立ててそばに呼んだ。

「ご無沙汰をしています。お達者そうで何よりです」

挨拶をする小者の名は茂蔵《しげぞう》といった。

「おぬしも元気そうで何より。それで調べはどうなっている？」

「いま旦那が話を聞いているところです」

「岡崎重右衛門《おかざきじゅうえもん》だな」

北町奉行所定町廻り同心である。清兵衛が現役の頃面倒を見た男だ。

「さようです。この件をご存じで……」

「さっき聞いたばかりだ。下手人は安五郎という備後屋の使用人らしいが、住まいはどこか知らぬか？」

「たしか、南新堀一丁目の平七店だったはずです。ちがったらまずいので聞いてきましょうか。でも、なぜ桜木様が……？」

「安五郎に騙されている女がいるのだ。そのことで相談を受けていてな。あ、このこと岡崎にも黙っていてくれぬか。ごく内輪のことなのだ」

「へえ。その女というのは、もしやおきくというのでは……」

「なぜ知っておる？」

「この町の親分がいま呼びに行ってるんです。そろそろ戻ってくる頃ですけど」

茂蔵がそういって崩橋《くずればし》のほうを見たとき、岡っ引きの助十といっしょに歩いてくる女の姿が見えた。おきくだった。

「わしのことはこれだ」

清兵衛は口の前に指を立てて茂蔵を見ると、自身番から少し離れて背を向けた。やがて、助十に連れられたおきくが自身番に入っていくのがわかった。

清兵衛はそのまま表で聞き耳を立てていたが、調べをしている岡崎のおきくへの訊問は半刻ほどで終わった。

そして、浮かぬ顔でおきくが表に出てきて、悄然《しょうぜん》とうなだれて立ち去った。清兵衛は距離を置いてそのあとを尾けた。

清兵衛はどこでどう話しかけ、なにをいってやればよいかと考えるが、落胆しているだろうおきくには、安五郎に裏切られたという思いがあるはずだ。おそらく失望の念が強いだろう。

このままそっと見守って静かに帰るべきか、と清兵衛は迷った。おきくは大人である。先のことを自分で決められる歳だ。

（余計なことはいわずに帰ろう）

清兵衛がそう決めたときだった。

背後で慌ただしい足音と怒鳴り声が聞こえた。

振り返ると、抜き身の刀を持った男が血相を変えて素足で走ってくるところだった。その背後には小者の茂蔵と同心の岡崎重右衛門、さらに岡っ引きの助十もいた。三人は必死になって男を追っている。

「待ちやがれッ！」

岡崎の声が聞こえてきた。「安五郎、逃げても無駄だ！」と、声を被せる。

逃げてくるのは安五郎である。しかも、刀を持っている。

清兵衛は道の真ん中に立つと、安五郎を待ち受けた。

「どけ、どきやがれッ！」

安五郎がつばを飛ばして喚《わめ》いた。その距離は五間から四間、三間となった。

「どくんだ！」

安五郎は清兵衛に刀を振りあげた。刃がきらりと日の光を弾いた。清兵衛は動かずにいた。

「このォ、どけッ！」

安五郎は逃げ道を塞いだ清兵衛に、刀を振り下ろしてきた。大上段からの斬り込みであったが、清兵衛は体をひねってかわすと、すかさず安五郎の片腕を取るなり、腰にのせて大地にたたきつけ、そのままつかんでいる腕を捻りあげた。

「ううっ……」

地にねじ伏せられた安五郎は低いうめきを漏らして、つかんでいた刀を放した。

「これは桜木様……」

追ってきた岡崎重右衛門が驚き顔をした。

「大儀であるな」

「まさか、斯様なところで……」

「いったいどうなっておるのだ？」

清兵衛が問うと、岡崎は汗を噴き出しながら、安五郎の縛《いまし》めが緩かったらしく、縄抜けをされたと話した。

「拙者が隙を見せたときに、あろうことか刀を奪い取って逃げたのです。いや、桜木様がいらして助かりました」

「油断はいかぬ。しくじりであるぞ」

ははあ、と岡崎は畏まって頭を下げた。

「とにかくこやつを……」

清兵衛は安五郎を後ろ襟をつかんで立たせると、岡崎に引きわたした。

捕まった安五郎は観念した様子だが、崩橋の袂《たもと》に立っているおきくに気づいたらしく、そっちを短く見て目を伏せた。

「岡崎、わしは用があるのでこれで去ぬが、お役目ぬかりなく」

清兵衛はそれだけをいうと、くるっと背を向けておきくのほうに歩いて行った。

十一

おきくは呆然とした顔で立っていた。清兵衛が近づいても心あらずの体で、縄を打たれて自身番に引き戻される安五郎を見ていた。

「おきく」

声をかけると、ハッとした顔で清兵衛を見て、「なぜ？」と小さくつぶやいた。

「考えることはいろいろあるだろうが、安五郎は備後屋の主ではなく使用人だった。そのうえ罪人になった。人を殺しているので死罪は免れまい」

日の光にさらされるおきくのきれいな顔には血の気がなかった。

「そなたにはいろんな思いがあるだろうが、安五郎のことはあきらめることだ」

おきくは悄然とうなだれ歩き出したが、すぐによろめいた。清兵衛はとっさに手を出して支えてやった。

「大丈夫であるか。途中まで送ってまいろう」

崩橋、湊橋とわたり南新堀一丁目に入ったところで、おきくが迷ったように立ち止まった。

「いかがした？」

そう聞く清兵衛をおきくが見てきた。潤みそうな目がきれいである。

「わたし、間違っていたのですね。いい人だと思っていたのに……まさかこんなことになるとは……わたしはきっと幸《さち》のうすい女なんでしょうね」

そういったおきくの目からこぼれた涙が頰をつたった。

「決めつけることはない。そなたはまだ若いのだ。それに大事な子があるではないか。しっかりせねばならぬ」

「はい」

おきくは小さくうなずいて唇を嚙み、

「わたしは至らぬ女です。至らぬ母親です。間違ったことばかりをしていました」

といって、また新たな涙を頰につたわせた。

清兵衛には、おきくが深い後悔の念に打たれているのがよくわかった。

「間違いに気づくことは大切なことだ」

そういってやると、おきくが顔を向けてきた。

「お願いを聞いてくださいませんか」

「なんだね」

「家まで連れて行ってください。わたしひとりで帰るのが怖いのです」

「わかった」

おきくは小さな荷物を安五郎の家に取りに行き、それから清兵衛といっしょに実家の長屋に向かった。

おきくは暗くうち沈んだ顔をしていたが、町はあかるい日射しに包まれ、楽しげな鶯の声が聞かれた。

本湊町を過ぎ、新小橋をわたったところで、

「待て」

と、清兵衛はおきくを立ち止まらせた。

「安五郎のことは親には話さぬほうがよい。そなたは深く後悔し、自分の間違いに気づいている。そうであるな」

おきくは小さくうなずいた。よくわかっているという顔だった。

「では、おとっつぁん、おっかさんのいうことが正しかった。自分が間違っていたことに気づいたので、安五郎とは縁を切ってきたといえ。これからは大吉を大事に育てることを考えると。責められるかもしれぬが、じっと耐えるのだ。できるか？」

「……はい」

「よし」

清兵衛は励ますように、おきくの肩をぽんとたたいてやった。

長屋の木戸口が近づくと、再び清兵衛は立ち止まって、

「さっき申したこと忘れるでないぞ」

と、いい含めた。

おきくはわかりましたと答え、深く頭を下げると、長屋の木戸口に消えていっ

た。

見届けた清兵衛は小さく嘆息して、晴れわたっている空をあおぎ見た。

（これでまるく収まるであろう）

と、内心で独りごちた。


二日後の朝――

清兵衛が相も変わらず川柳をひねっていると、来客があった。告げに来た安江に聞けば、おきくの父親・亀蔵であった。

「佃の渡しの船頭だ。いったい何であろう」

清兵衛は腰をあげて玄関に行った。

「これはご隠居様、嬶からお宅を教えてもらい迷惑を承知で伺いました」

亀蔵はそういってぺこりと頭を下げる。

「何かあったか？　ま、よい。あがりたまえ」

「いえ、ここで結構です」

「遠慮はいらぬ」

清兵衛は亀蔵を強引に座敷にあげて向かい合って座った。

「今日は仕事は休みか？」

「へえ、たまには休まないと体が持ちませんので、それより……」

亀蔵は尻をすって下がると、

「先だってはご面倒をおかけいたしました。おかげで娘は家に戻ってきました。ありがとうございました」

と、両手をついて頭を下げた。

「うむ。何よりであった」

「しばらくは落ち込んだように黙りこくっていたのですが、昨夜、おきくが何もかも話してくれました」

清兵衛はぴくっと片眉を動かした。

「安五郎はとんでもない男だったのですね。あっしは話を聞いて驚くやら胸を撫で下ろすやらで……。ですが、人殺しの女房にならなくてようございました。大吉も母親が帰ってきて安心したらしく、あっしらにも『爺、婆』といって懐いてくれます」

「それは何よりだ」

「ご隠居様はおきくに、何もいわなくていい。心をあらためて家に戻ってきた、男とは縁を切ったと、それだけをいえばいいとおっしゃったそうで……」

ま、そのようなことをいったかな、と清兵衛は天井の隅を見た。

安江が茶を運んできて下がった。

「ですが、娘はいろいろ悩んだ末に、何もかも話してくれました。すっかり改心し、これからは親孝行できるように仕事を見つけるから、もう少し大吉の面倒を見てくれと涙ながらに頭を下げました」

「さようであったか」

「ご隠居様があっしのつまらねえ相談に乗ってくださったおかげです。ちゃんと頭を下げて礼をしておかなきゃ失礼だと思いお伺いしました。手土産のひとつもと思いましたが、しばらくは娘と孫の面倒がありますので、手ぶらでご無礼いたします」

「気にすることはない。わしは何もしておらぬのだ。それよりなにより、おきくが自分の間違いに気づいたのがよかった。もうそれで十分であろう」

「おっしゃるとおりです。娘から聞きましたが、やっぱりお侍というのは立派なんですね。余計なことはいわずに、黙っていることも大事だとおきくを諭してくださったそうで……」

清兵衛はまた首をひねりたくなったが、それらしきことをいったような気がする。

「侍にかぎったことではない。多くを語るがために他人の気分を害することがある。黙して忍従するときも必要であろう」

「そういわれると胸が痛くなります。あっしと嬶は戻ってきた娘をさんざん責め立てましたから……」

「おきくはいい訳でもしたか？」

「いえ、謝るだけでした。ですが、いわずにおれなくなったんでしょう。昨夜、正直に洗いざらい話してくれたんです」

「さようであったか。おきくは気持ちを入れ替えているはずだ。向後は静かに見守っているべきであろう」

「おっしゃるとおりだと思います。ご隠居様、助かりました」

亀蔵は恐縮しまくって帰っていった。

「あなた様、わたしの知らないところで、人助けをなさっていたようですね」

湯呑みを下げに来た安江が顔を向けていう。

「大袈裟なことではない」

「多くを語らず、黙して忍従でございますか」

「うむ」

「武士たる者の流儀だと感心いたしましたわ」

安江は悪戯《いたずら》っぽく笑って首をすくめた。

十二

それから三日後の夕暮れだった。

清兵衛はいつものように散歩に出、久しぶりに甘味処「やなぎ」で茶を飲み、おいとと短い世間話をして帰路についていたが、ふと鉄砲洲まで足を延ばしてみた。

大川の河口があまりにも夕日に照り映えていたからである。

「ご隠居様、ご隠居様！」

そんな声が聞こえてきたのは鉄砲洲橋をわたったところだった。声のほうを見ると、渡し場の桟橋に立っている亀蔵だった。

「いま終わりかい？」

「へえ、今日はおしめえです。それよりご隠居様に持って行こうと思っていたものがあるんです。鰹はお好きですか？」

「ああ好物だ」

「そりゃあよかった。今朝、漁師からもらった活きのいい鰹があるんです。嬶が捌《さば》いてたたきにしているはずです。是非にももらっていただけませんか」

「鰹のたたきか、そりゃ嬉しいな」

「それじゃあっしの家までごいっしょしましょう。もうできている頃ですから」

亀蔵はそういって身軽に雁木をあがってきた。

清兵衛はそのまま亀蔵の家に向かいながら、おきくと大吉の様子を聞いた。おきくは町内にある足袋股引問屋での女中仕事が見つかり、明日から勤めることになっているという。だが、子育て中の大吉がいるので、早朝から夕刻までの勤めらしい。

「その分給金は少なくなりますが、足りねえ分はあっしの稼ぎで何とかやりくりしようと思っています。なにせ子供は宝ですからねえ」

親子の仲がよくなったらしく、亀蔵は機嫌よく話した。

「帰《け》ェったぜ。ご隠居様に偶然会ったんでお連れしたが……」

「桜木様、先だってはお世話になりました」

台所にいたおきくが清兵衛に気づき、亀蔵の言葉を遮って頭を下げた。そばにいたおたえも、慌てて手を拭いて清兵衛に礼をいった。

「いやいや、もう堅苦しいことはよしてくれ」

清兵衛はそう応じてから、居間に座っていた大吉を見て、

「元気そうだな。たくさん飯を食べるんだぞ」

といって、頭を撫でてやった。大吉は嬉しそうに微笑む。

「たたきはできているか？」

亀蔵が聞けば、

「ちゃんとできているわよ。盛り付けたら桜木様のお宅に、お届けしようと思っていたところよ」

と、おたえが答える。

「届けることはない。喜んでもらって帰ろう」

「いま茶を淹れますので、しばしお待ちください」

おきくはそういってこまめに動く。清兵衛はそんな母娘を見て頬をゆるめていた。

「ごめんくださいまし」

戸口に若い男が立って声をかけてきた。

「あんた……」

驚いたように目をみはったのはおきくだった。男は恐縮したように両膝に手をあてて腰を折った。そのとき、大吉が声をあげた。

「おとう！」

おきくと駆け落ちした伊太郎だったのだ。

「あんた、何しに……」

おきくは咎《とが》め立てるような顔で戸口に近づいた。

「やっとここを探しあてたんだ。おきく、話はあとでするが、その前に、おとっつぁんとおっかさんだな」

伊太郎は亀蔵とおたえを見てから聞いた。おきくがうなずくと、

「お初にお目にかかります。その節は大変なご心配とご迷惑をおかけいたしました。許してくださいとは申しませんが、このとおりお詫びいたします。ほんとうに申しわけございませんでした。すみません」

両膝に手をついていた伊太郎だが、最後には戸口の前に跪いて頭を下げた。

「あんたが、伊太郎って男だったかい」

亀蔵が渋い顔で上がり框に座って腕を組んだ。

「ずいぶんな迷惑をかけやがって」

「申しわけありません。お怒りはごもっともだと承知しております。殴るなり蹴るなり存分にやってくださいまし。大事な娘さんを連れ去るようにして逃げたあっしです」

「あんた、何しに来たんだい？」

おきくだった。伊太郎はすっと顔をあげて、おきくを見た。

「おまえにはさんざん辛い思いをさせちまった。いまも気に食わねえだろうが、どうか許してくれないか。おれは心を入れ替えてやり直すつもりだ。ひとりになっていろいろ考えて、おのれの至らなさや腑甲斐《ふがい》なさがよくよくわかった。それで出直そうと思って、五日前に江戸に出てきて、昔世話になった紙問屋ではたらくことになった。それもこれも大吉を父無子にしちゃならねえ、苦労をかけたおまえに恩返しをしなきゃならねえ、迷惑をかけたおまえの両親にも挨拶をして詫びを入れなきゃならねえと思い、やっとこの家を探しあてたんだ。すまなかった」

伊太郎は地面に額をつけてもう一度、すまなかったと謝った。

短い沈黙があった。おきくは口を引き結んで伊太郎を見ていた。

「あんたが伊太郎さんだったのかい。もういいから顔をおあげよ。そこにいたんじゃ長屋の連中が何をいうかわからない。入っておくれ」

おたえがそういうと、亀蔵も言葉を添えた。

「立って入ってくれ。話はそれからだ」

おきくも親の気持ちがわかったらしく、入ってといった。伊太郎はしずしずと立ちあがると、敷居をまたいで三和土に入ってきた。

「ご近所の桜木様よ。お世話になっているお侍なの」

おきくが気遣って清兵衛を紹介した。清兵衛は小さくうなずいただけだった。

「それで、伊太郎さんよ。あんた、おきくと大吉を連れに来たのかい？」

亀蔵が聞いた。

「へえ、身勝手なことだというのは百も承知していますが、どうしてもやり直したいんです。おきく」

伊太郎はおきくをまっすぐ見た。おきくは怒ったような顔をしていた。

「許してくれというのは虫がいいだろうが、大吉もいるんだ。もう一度やり直してくれないか。おれは死んだ気になってはたらき、きっと幸せにしてみせる。そう誓って江戸に戻ってきたんだ」

伊太郎はそういうと、亀蔵とおたえに顔を向けて、

「至らない男ですが、どうかお許しいただけませんか」

と、また頭を下げた。

「おとう！　おっかあ！」

大吉が声を張った。その声に背中を押されたように亀蔵が口を開いた。

「あんたには女房があったんじゃないか。その女房を捨てて、おきくと駆け落ちしたんじゃないか。前の女房のことはどうするんだい？」

「おっしゃるとおり、そのこともありました。ですが、江戸に戻ってきたその足で会いに行き、きっちり手を切ってきました。向こうも愛想を尽かしていたらしく、好きにしろといわれました。それに新しい男とくっついていまして……」

伊太郎はうなだれる。

「そりゃあ嘘じゃねえだろうな」

亀蔵がにらむような目をしていうと、伊太郎は顔をあげて、

「神にかけても嘘じゃございません。これからはおきくと大吉のために、額に汗してはたらくだけだと誓っているんです」

と、真っ直ぐな目をしていった。

「おきく、伊太郎はそういっているが、どうする？」

戸惑い顔をしていたおきくは、母親のおたえを見た。清兵衛は居づらくなっていたが、立ち去るきっかけがないので、黙って成り行きを見守っているしかない。

「わたしゃ、伊太郎さんがそこまで肚を括っていってくれるなら、何もいいやしないよ。あとはおきく次第じゃないか」

おたえが声を抑えていった。

その言葉を受けたおきくは、じっと伊太郎を見つめた。

「あんた、いまいったことに嘘はないね。死んだ気になってはたらき、大吉とわたしを幸せにしてくれるんだね。口先だけじゃいやだからね」

「嘘はつかない。身を粉にしてはたらく。ほんとうだ」

「嘘だったら黙っちゃいないからね。桜木様も聞いてらっしゃるんだからね」

おきくは清兵衛を見た。

「わしが見届け人だ。伊太郎、いまいった言葉、しかと聞いた。女房子供を泣かすようなことをしたら、そのときはわしが黙っておらぬ」

伊太郎はぶるっと身ぶるいをしてから、

「決してさようなことはいたしません」

と、はっきり答えた。

「おとう！　おっかあ！」

また、大吉が叫ぶように両親《ふたおや》を呼んだ。

そのことで清兵衛は腰をあげて、

「わしはそろそろ帰ろう。あとはみんなでよくよく話し合ってくれ」

清兵衛は邪魔をしたといって、そのまま戸口を出た。

「あ、桜木様、桜木様、忘れ物です」

おたえが慌てて、皿に盛り付けた鰹のたたきを風呂敷で包んで持ってきた。

「すまぬな」

清兵衛は礼をいって表に出た。

暮れはじめた通りには、自分の長い影ができていた。清兵衛は新小橋の前で立ち止まり、亀蔵の長屋を振り返った。

（めでたし、めでたしでよいのであろうな）

心中でつぶやく清兵衛は、口の端に苦笑を浮かべた。

第四章　太郎

一

鉄砲洲本湊町に住まう中島定之助《なかじまさだのすけ》の妻・おけいが、その子を見つけたのは、仕事に出る夫を送り出したあとで豆腐を買いに出たときだった。

長屋を出たすぐのところで、か弱い泣き声が聞こえたので、足を止めて見ると、小さな掻巻《かいま》きに包まれたものがもぞもぞと動き、そしてまた小さな泣き声がした。

それは、町内で維持している小さな稲荷社で、短い石段の前に置かれていた。

おけいはハッとなって近づき、掻巻きをそっと剥ぐと赤子であった。とっさに捨て子という言葉が頭に浮かび、まわりを見たが、たまたまなのか人通りがなかった。

おけいは赤子の頰に触れて、また驚いた。熱を出しているのだ。額に手をあてると、ただ事ではない高熱だとわかった。

このまま放っておけば死んでしまう。おけいは抱きかかえて家に連れ帰ったが娘のお孝《こう》がいるので、家に置いておくわけにはいかない。

長屋のおかみ連中に相談しようと思ったが、頼れそうな人はいない。住人たちは中島夫婦を何となく敬遠しているし、上辺の付き合いしかしていない。ならば近くの長屋で手跡指南をやっている秋山伊之助《あきやまいのすけ》の妻だったら相談に乗ってくれると思い、さっそく秋山伊之助の長屋に赤子を連れて行った。

「捨て子ですか？」

伊之助の妻・お早《はや》は搔巻きに包まれた赤子を見て驚いた。

「その先の稲荷社に置かれていたんです。近くには誰もいませんし、この子は熱を出しています」

「熱を……」

お早は赤子の額に手をあてて目をまるくし、

「ひどい熱ですよ」

と、おけいを見た。

「放っておけば死んでしまうと思い、連れて来たのですけれど、どうしたらよいでしょうか？」

「まずはお医者に連れて行きましょう」

「よいお医者がいますでしょうか？」

「田村道雲《たむらどううん》先生なら近くです」

お早がそういうので、おけいは赤子を抱いて道雲宅を訪ねた。

道雲は赤子の容態を診《み》て、

「危殆《きたい》である」

と、不吉なことを口にし、

「この子の親はわからぬのかね」

と、おけいとお早を見た。おけいはわからないと首を振るしかない。

「ならば、今夜はここで様子を見よう。生きるも死ぬるも、この子の運次第だ」

「運ですか……」

お早は目をまるくし、

「助からないかもしれないのですか？」

と、道雲に問うた。

「おそらく今夜が山だろう。熱が下がればよいが、まだ赤ん坊だから薬は飲ませられぬ。飲ませようとしても飲まぬだろう。いまは薬より乳だ」

おけいとお早は、同時に自分の胸に手をあてた。

「とにかく預かっておく。明日の朝にでも、様子を見に来なさい」


「捨て子を……」

妻のお早から経緯を聞いた秋山伊之助は、読んでいた本を閉じた。

「はい、今夜が山だと道雲先生はおっしゃいます。薬は飲ませられないが、乳を飲ませるべきだがと困り顔をされまして……」

伊之助はしばらく沈思黙考した。

筆子（子弟）の母親に乳の出ている者がいないか考えたのだ。伊之助は自宅長屋にて手跡指南をやっている。切り詰めた暮らしで決して裕福ではないが、子供たちに読み書きを教えることに生き甲斐を感じている。

「寒橋《さむさばし》から来ている梅助《うめすけ》の母親は、子を産んで間もなかったはずだ」

お早は夫の言葉を受けて「そうだ」と思いあたった。

寒橋とは築地川が大川に落ちるところに架かる明石橋《あかしばし》の俗称で、明石町と南飯田町を結んでいる。その橋の近くから読み書きを習いに来ている梅助の母親は、豊満な乳をしている。

「わたし、これから行ってまいります」

さっと、腰をあげたお早はそそくさと家を出た。

梅助の家は小さな万屋《よろずや》を営んでいる。母親のおつたは二十二歳の働き盛りで、亭主の仕事を手伝いながら子育てをしていた。

「そりゃあ大変ではありませんか。わたしの乳でその子が助かるならすぐに行きます」

お早が事情を話すと、おつたは二つ返事で引き受けてくれた。

そのまま道雲の家を訪ねると、早速おつたが赤ん坊に乳を飲ませようと試みた。しかし、赤ん坊に乳首を含ませても飲もうとしない。相変わらず熱は高く、蚊の鳴くような泣き声しか出さなかった。

「飲まぬか……」

様子を見ていた道雲は腕を組んで困り顔をし、

「しかたない。今夜一晩様子を見よう」

と、つぶやいた。

お早がため息をついておつたを見ると、

「わたしも今夜は泊まります」

と、おつたがいう。

「おつたさんには赤ん坊がいるではありませんか」

「あの子を連れてきて、この子を見守ります」

おつたは頼もしいことをいう。

「先生、迷惑でなかったら、そうさせていただけませんか。わたしもおつたさんに付き合いますので……」

お早は道雲に頼んだ。

「そなたらの思いやりがこの子に通じれば、きっと助かるであろう。是非にもおつたの乳の力を頼みにいたそう」

二

二日後、乳飲み子を持つおつたの力が赤ん坊に伝わったのか、熱が下がった。

お早もおつたも、そして道雲も胸を撫で下ろしたが、子供を見つけて拾ったおけいは姿を見せなかった。

気になっていれば、お早の家を訪ねてきそうなものだが、夫の伊之助と娘のおくにに聞いても、おけいは来ていないという。

おけいは四つの娘を持っている。夫の世話や、その娘のことで手が放せないのではないかとお早は慮《おもんぱか》っていたが、とにかく拾った赤ん坊の熱が下がり、元気に泣くようになったことを教えにいった。

「それはようございました。わたしも気になっていたので、どうなったのかしらと心配していたのです」

だったら道雲を訪ねるか、わたしの家に様子を聞きに来ればよかったではないかと思ったが、お早はそのことは口にしなかった。

「見に行きますか？」

「是非にも」

お早はおけいを伴って道雲宅を訪ね、元気になった赤ん坊の顔を見た。ぐったりと力のなかった赤ん坊は、嬉しそうな笑顔を見せ、小さな手を振った。

「よかった。こんなに元気になったのですね」

おけいは赤ん坊を見て安心顔をした。

「きっと、おつたさんの乳で助かったのですよ」

お早は先に来ていたおつたを見て微笑んだ。そのおつたは負ぶった自分の子をあやしていた。

「薬礼を払わなければなりません」

お早がいうと、おけいはわずかに顔を曇らせ、

「そうですね」

と、気のない返事をし、閉まっている障子に目を向けた。障子の向こうは道雲の診察部屋で、お早たちがいるのは、その隣の小部屋だった。

「わたしも払います」

子供をあやしているおつたがいった。

「おつたさんは乳を飲ませてくれたし、これからもお世話になるのですから結構ですよ」

お早がそういうと、

「それじゃ、お早さんとわたしが折半で払いましょう。それでよろしいでしょうか」

おけいが提言した。

「そうですね。しかたありませんものね」

お早はそう答えるしかない。心の隅にはあなたが見つけて、拾った子ではありませんかという思いがあるが、それを口にすれば大人げないから黙っていた。その代わりに少しだけ嫌みを込めたことをいった。

「おつたさんは家に帰らず夜通し、この子の面倒を見ていたんですよ」

「お早さんもお付き合いくださったではありませんか」

おつたが照れ臭そうな笑みを浮かべていう。

「わたしはついていただけです」

「でも、手拭いを替えたり汗を拭いたりしたではありませんか」

「それは乳をあげられないからですよ。おつたさんは眠いのを堪えて、ずっと介抱していらっしゃった。頭の下がる思いです。それで、この子はどうしましょう？　親が見つかるまで面倒を見なければなりませんが……」

お早は赤子を見つけたおけいが、引き受けてくれると思っていた。ところが、おけいは意外なことを口にした。

「乳をあげられるのはおつたさんですから、お願いしたらいかがでしょう」

「それはそうでしょうけど……」

お早はさすがにカチンときて、目を険しくした。

「うちは手狭ですから、お早さんかおけいさんのお宅で預かっていただければ、乳を飲ませに行きますよ」

おつたはそういって、ぐずりはじめた背中の子をあやした。

「お早さんにお願いできませんか。お宅は手習所をなさっているので、家も広いではありませんか」

責任を逃れるようなことをいうおけいに、お早はむっとした。そのとき障子が開き、道雲が部屋に入ってきた。来ていた患者の診察が終わったのだ。

「お揃いだな。この子の名前だが、太郎《たろう》ではどうだね。親が見つかるまでの間だがね」

道雲はそういって赤ん坊をのぞき込む。

「よいと思います」

お早が同意すると、おつたもおけいも異論はないという顔でうなずいた。

そこで赤ん坊の当面の名は、太郎に決まった。

「熱が下がり、乳も飲むようになったが、ひとつ困ったことがある」

道雲は真顔になって三人の女を眺めた。

「太郎の横腹に出来物があるのだ」

「出来物……」

お早は道雲を見て目をしばたたいた。

「さよう。あまり感心できぬ腫物《しゅもつ》だ。放っておけば命に関わるかもしれぬ。かといっていまその腫物を切除するとなれば、この子の体が持たぬかもしれぬ」

「いつなら」

お早は顔を曇らせて道雲を見た。

「もう少し、太郎の体に力がついてからだ。それまでは、ここで預かっておく」

さようなことで、太郎は道雲宅にそのまま留まることになった。

「されど、薬礼は高くつくがいかがする？」

道雲はお早とおけいを見た。

「わたしとお早さんが半々にしてお支払いいたします」

答えたのはおけいだった。

太郎の横腹にできている腫物は、日増しに大きくなっていった。

見かねた道雲は、太郎が乳を飲むようになり体力がついてきたと判断し、思い切って切除施術をすることにした。ただし、太郎が痛みにどれだけ耐えられるかが問題だった。

「こんなに元気になったのに、腫れ物を切って死んだらどうします」

心配をするのは、太郎の乳母になっているおつたである。部屋の隅にはさっきまでぐずっていたおつたの子が、すやすやと寝息を立てていた。

「放っておけば腫れ物が大きくなり、命を落とすやもしれぬのだ。ここは一か八か切り取るしかない」

道雲はその気であった。

「お早さん、どうしたらよいでしょう」

おつたが泣きそうな顔をお早に向けてくる。太郎に乳を与えているので、愛情が濃くなっているのだ。

「先生におまかせするしかないと思います」

お早も不安ではあったが、ここは医者の腕を頼るしかない。

「もう少し太郎が大きくなっておれば、華岡青洲《はなおかせいしゅう》先生がお使いになった通仙散《つうせんさん》を用いることができるのだが、やむを得ぬ」

道雲はそういいながら、手術の支度にかかった。

お早とおつたは黙って見ているしかない。

「華岡……という方はえらいお医者なのでしょうか？」

お早は支度中の道雲に聞いた。

「通仙散を用いて患者の乳がんを摘除し、見事治された。通仙散は痛みを麻痺《まひ》させる効能があるのだ」

「太郎には使えないのですか？」

お早はすがるような顔で訊ねるが、道雲の首はむなしく横に振られる。支度を調えた道雲は、太郎を診察室に移した。

「痛みで泣き叫び暴れるであろうから、そなたらは手と足を押さえておいてくれるか」

お早とおつたは、恐る恐るそばに行って座った。

「おけいさんは見えませんね」

おつたが患者が控える待合室を見ていう。

お早もそれは気になっていた。というより、少し腹を立てていた。乳母になったおつたは、日に何度もやってきて授乳をしている。お早も同様に世話をしに来ていた。

だが、太郎を最初に見つけたおけいは、おつたが乳母になったことに安心したのか、とんと顔を見せない。おまけに薬礼はお早が代わりに払っていた。

「では、はじめる」

道雲は細い刃物を持って、何も知らない太郎の右脇腹の腫物に狙いを定めた。たしかにその腫物は、日に日に大きくなっていたし、いかにも毒々しい赤黒い色をしていた。

道雲がその腫物に近い部分の皮膚を切った。とたん、太郎が泣き叫んだ。お早は目をつぶって太郎の両足を押さえながら、「大丈夫だから、大丈夫だから、我慢おし、我慢しておくれ」と、祈るような言葉をつぶやきつづけた。

太郎の両手を押さえているおつたも、ぎゅっと目をつぶったまま「助かりますように、助かりますように」と、祈りつづけていた。

三

桜木清兵衛がいつものようにぶらりと散歩をして、家路についたときのことだった。すぐ家のそばまでやってきたとき、二人の男がいがみ合っていた。

ひとりは近所の長屋で手跡指南所をやっている秋山伊之助という男で、もうひとりは侍だった。

伊之助は顔を真っ赤にして侍に文句を垂れている。

「そもそも相談を持ちかけてきたのは、中島殿の奥方ではないか。わたしの妻は親切にその相談を受け、捨て子を助けたのだ。それなのに、かかる費《つい》えをわたしの妻に押しつけるとは何事であるか」

「わたしの妻は相談はしたであろうが、捨て子を拾って医者に届けただけで、その後のことは与《あずか》り知らぬこと。秋山殿、うちには幼い娘がいる。その面倒もあるし、恥ずかしながらわたしの稼ぎもよくない。捨て子の薬礼を払うほどの余裕はないのでござる」

「何度も同じことを。わたしはかかる薬礼をすべて払えといっているのではない。妻が可哀想な捨て子に関わったのはたしかなこと故、払っているのだ。そなたの奥方も薬礼は折半でよいといったそうではないか」

「いや、さような話は聞いておりませぬ。申しわけござらぬが、払うことはできませぬ」

「な、なにを……」

顔を真っ赤にした伊之助は、いきなり中島という侍につかみかかった。襟首を締められた中島は、とっさに腰の刀に手をやった。

（まずい）

危機を察した清兵衛は、二人の間に割って入った。

「待たれよ、待たれよ」

二人を引き離すと、

「何があったのか知らぬが、往来での喧嘩沙汰は見苦しいではないか。伊之助殿、まあまあ落ち着いて……」

「落ち着いていられぬのです」

伊之助は憤然といい放つ。

「なんだ、知り合いでござるか」

と、中島は刀から手を放して嘆息し、伊之助を見て言葉をついだ。

「とにもかくにもさようなことでございまする。秋山殿、捨て子のことはこれまでにしてくだされ」

中島はそういうと「ごめん」と、軽く頭を下げて立ち去った。

「あ、待て……」

伊之助は慌てたが、中島は先の長屋の木戸口に消えていた。

「いったい何があったというのだ。そなたが頭に血を上らせるのはめずらしいが、捨て子が云々と申していたな」

「話せば長くなりますが、とにかく黙っておれぬのです」

伊之助はそういって、また中島が消えた長屋の入り口をにらむように見た。

「同じ町内の誼。話を聞かせてくれまいか」

そういう清兵衛を伊之助はあらためて見た。

「とにかく腹が立ってなりませぬ。あれほど道理をわきまえぬ男だとは、思いもいたさぬこと」

伊之助は腹の虫が治まらないのか、くそと吐き捨てた。

とにかく立ち話はできぬだろうからと、清兵衛は伊之助の興奮を静めるように、近くの茶屋に誘った。

伊之助は床几に腰をおろすなり店の女に麦湯を注文し、運ばれてくると一気に飲みほし、もう一杯だとお替わりを所望した。

「あの男は中島定之助という御家人で、新両替町の薬種屋で用心棒まがいのことをしておるのです」

「用心棒を……」

清兵衛は眉宇をひそめた。

「仕官先がないから内職代わりなのでしょう。『大坂屋』は大きな薬種問屋ですが、盗人に入られたり、主が外出をした折に浪人者に脅され、金を強請られたりと禍事がつづいたので、その用心のために中島を雇っているらしいのです。律儀で真面目な男だと思っていましたが、とんでもない食わせ者でした」

「それで、捨て子がどうのといっていたが……」

「そうなのです」

伊太郎は体ごと清兵衛に顔を向けた。

「じつは中島の妻女がその先にある稲荷社に捨てられていた赤子を見つけ、わたしの妻に相談に来たのです」

伊太郎はその顛末をかいつまんで話した。

清兵衛は茜色に染まりはじめている空を眺めながら、伊太郎の話に耳を傾けていた。

「金がないならないでかまわぬのです。ですが、あの男は申しわけない、迷惑をおかけしますの一言の詫びもないのです。金がないならないで、せめて一分、いや五百文でもよいので、足しにならないかもしれませんが、これでお願いしますぐらいの言葉はあって然《しか》るべきではございませぬか」

伊之助はそういって話を締めくくった。

「まあ、道理のとおらぬことであるな。しかし、その中島殿の妻女は何かいってこないのかね」

「道雲先生の家にも顔を出さないそうです。一文たりと払ってもいません。かかる薬礼はすべて当家の負担になっています。いいえ、乳母になったおつたさんも足しにしてくれといくらかを包んでくれているのです」

「ふむ」

話を聞けば伊之助の腹立ちはよくわかる。

「しかし、捨て子の親はどうなっているのだね？」

「それがわからぬのです。妻はこの近所で、太郎を捨てた者を見ていないかと聞いてまわっていますが……」

伊之助は肩を落とし「ふう」と、ため息をつく。

「太郎はまだ道雲先生の家にいるのだろうか？」

「施術した傷が癒えるまでは、先生が預かってくださることになっています。このまま太郎の親が見つからなければ、うちで引き取ってもよいですが……、それにしても中島とその妻女の道義のなさに腹が立ってならぬのです」

「腹立ちはよくよくわかった。わたしは暇な隠居の身、太郎の親に気づくことがあれば、すぐにも知らせることにいたそう」

「お願いいたします」

四

「理不尽な話ですね。わたしが伊之助様のご新造だったら、黙ってはいませんわ」

清兵衛から話を聞いた安江は、我がことのように腹を立てた顔をした。

「その中島という方、まともなのかしら。相談をしておいて、すべての責任を伊之助様のお宅に押しつけたようなものではありませんか」

「そのとおりだ。乳母になったおつたは、健気なことをしているというのに、おけいという中島の妻女は知らんぷりをしているというからな」

「夫が夫なら妻も妻ということでしょうけれど、それでは世間はとおりませんよ」

「いかにもさようだが、誰が太郎を捨てたかである」

「自分の子を捨てるような親は、鬼です。もし、その親が見つかったとしても、太郎が幸せになるとはかぎりません」

憤りを隠さない安江はめずらしい。

「そうはいっても、伊之助殿も困っているのだ。どうにもしようがないなら、自分が引き取るしかないといってはおるが……」

「子を捨てる親も親ですけれど、中島夫婦にはあきれますわ。世間は広いと申しますが、そんないやなことが近くで起きているとは切ないことです。夕餉の支度をしますけれど、お酒つけますか？」

「軽く飲もうか」

清兵衛は安江がつけてくれた酒を飲みながら、伊之助から聞いた話をもう一度頭のなかで整理した。

夜、床に入っても、清兵衛は伊之助と中島定之助の揉め事を考えた。伊之助は手跡指南所をやっているが、もともとは武士である。そして、中島定之助は仕官できない御家人で大坂屋の〝用心棒〟をやっているという。

縮めていえばお互い武士同士だから、それなりの矜持《きょうじ》を持ち合わせているはずだ。懸念するのは、伊之助がはやまったことをしないかということだ。清兵衛は暗い天井を見ながら、明日にでも伊之助に会って釘を刺しておこうかと考えた。

いがみ合いのもとは町内の稲荷社に捨てられた太郎という捨て子で、発端となったのは、太郎を見つけた中島の妻・おけいが、伊之助の妻・お早に相談したことである。

お早と伊之助の憤りはよくわかる。中島夫婦が礼を失し、道理のとおらぬ態度に出ているのはいただけぬ。

しかし、清兵衛は考えた。問題は太郎を捨てた親のことである。

いまごろ後悔しているのではなかろうか。そうであれば、捨てたあとで何度か稲荷社に足を運んでいるのではないかということだ。

町内の者がその親を見ているかもしれない。

翌朝、清兵衛は伊之助を訪ねた。

「これは桜木様……」

伊之助はやってくる子供たちのために手習いの支度をしていた。

「迷惑でなかったら、少し話ができまいか」

「かまいません。どうぞ、お上がりください」

「いや、ここでよい」

清兵衛は上がり口に腰をおろした。妻女のお早の姿はなかった。

「中島殿とのいざこざであるが、早まったことは慎んでくれぬか。同じ町内であるし、変な騒ぎになるのも困る」

「もしや、わたしが刃傷に及ぶのではないかとご心配なのですね」

伊之助は四十前後だろうか、細面で色白だ。

「腹立ちはよくわかるが、ちょいと心配になってな」

「お気遣い痛み入ります。正直なところ斬り捨てたいと思いました。しかし、それではあまりにも短慮でございますから、じっと我慢しているのです。妻はもう関わらなくてよいと申します。太郎のことは自分とおつたさんで何とかすると申しますし……」

「さようであったか。それはわたしの取り越し苦労であった。余計なことであったな」

「いえ、どうかお気になさらずに。それにしても、太郎の薬礼は高くつきました。なにせ三両ですから……」

伊之助は肩を落としてため息をつく。

「三両……」

医者の薬礼が安くないのは知っているが、三両はずいぶんな金高である。親子三人での長屋住まいなら三月から四月は暮らしていける金だ。

「太郎の腫物を切除し、その療治と薬がありますから……」

「それでよくなっているのかね」

「快復しているそうです。妻はいまも様子を見に行っています」

それでお早がいないのだと知った。それにしても親切なことであると、清兵衛は感心する。

「余計なお世話かもしれぬが、少し考えたのだ」

伊之助は小首をかしげる。

「太郎を捨てた者のことだ。おそらく産みの親だと思うが、捨てたあとで後悔し、何度か見に来ているのではないかと考えたのだ。もし、そうであるなら誰かが見ていてもおかしくない。ちょいとあたってみようかと思うのだ」

「そんなことを桜木様が……」

「なに、わたしは暇な隠居の身だ。懸念あるな」

「されど、もし太郎の親が見つかったらいかがされます？　引き取ってくれればよいでしょうが、親としての役目が務まらぬような者だと、太郎の将来が心配です」

「それは見つかってからの話だ」

「ま、さようでしょうが……」

清兵衛は伊之助の家を出ると、早速、聞き込みにかかった。まずは太郎が捨てられていた稲荷社に立ち寄り、あたりを見まわした。稲荷社は通りに面しているので人目につきやすい。近くには明樽《あきだる》問屋や醬油酢問屋の他に、下り酒問屋もあれば鍋釜問屋などもあり、饅頭や煎餅を売る小店の他に、飯屋や居酒屋もある。人通りはさほど多くないが、稲荷社に再三訪れる者がいれば、誰かが見ていてもおかしくはない。

元風烈廻り与力だった清兵衛は、聞き込みの要領を心得ているので、早速近くの店からあたっていった。

五

「お早さんはよくできた方です。わたしは感心いたしました」

その日の夕刻、家に帰った清兵衛に茶を差し出す安江がそんなことをいった。

「会ってきたのかね」

「だって、あんな話を聞かされては気になってしかたありませんから、道雲先生のお宅を訪ねたのです。そこにお早さんがいらして、いろいろとお話をさせていただきました」

「わたしはご亭主の伊之助殿に会っているが、なかなかできた男だ」

「できていないのは中島定之助と、その妻・おけいです」

安江は呼び捨てにしていう。

「人に相談を持ちかけ、あとは知らんぷりですから、まったく分別も思慮もないとしか申しようがありません」

「たしかに……」

「おけいの亭主の定之助は、仕官できない貧乏御家人だというのはわかりますが、その夫婦には子があるのですよ。お孝という四つの娘らしいですわ。そんな娘を持っているのですから、捨てられた太郎に親身になれると思うのですけれどね。それが、人まかせですから話を聞いてあきれるばかりです」

「太郎は元気なのかね？」

「ええ、すっかり元気です。拾われたときは熱があってぐったりしていたそうですが、見ちがえるほどだとお早さんがおっしゃっていました。乳母代わりになっているおつたさんという方のおかげもあると思うんです。道雲先生も、太郎が元気になったのも二人が甲斐甲斐《かいがい》しく世話をしてくれたからだと喜んでいらっしゃいます。二人は泊まり込みで寝ずの看病もされたそうなのです」

「そのことをおけい殿は知っておるのだろうか？」

「さあ、どうでしょう」

「お早殿は伊之助殿に、中島のことはもう相手にしなくてよいといっているらしい」

「やさしい心根をお持ちのできた方なのですよ。お話をしてわたしもお早さんのおっしゃることがわかりました。情けないのは、中島夫婦ですけれどね」

「腹立たしいことではあるが、とにもかくにも太郎が元気になったのはよかった」

「それで、親捜しをするとおっしゃっていましたね」

安江は台所に立ってから清兵衛を振り返った。

「うむ、今日はだめであった。また明日も聞き調べをするつもりだ」

「見つかったらいかがされるのです？」

「まずは話してから考えようと思うておる」

言葉どおり、清兵衛は翌日も太郎の親を捜す手掛かりをつかむために聞き込みをしたが、これといった話を聞くことはできなかった。

その翌日も、埒があかなかった。

井戸端に行くために外に出たお早が悲鳴をあげたのは、伊之助が起きて間もなくのことだった。

「いかがした？」

寝間着のまま声をかけると、お早が土間に戻ってさて震え顔を向けてきた。

「ね、鼠《ねずみ》が……」

「鼠がいかがした？」

「死んだ鼠があるんです」

伊之助が三和土に下りて、戸口の外を見ると、鼠の死骸が三匹横たわっていた。

「……いったいどういうことだ？」

伊之助は木戸口と井戸端のほうを見たが、人の姿はなかった。鼠は誰かが捨てていったとしか考えられなかった。真っ先に頭に浮かんだのは、中島定之助の顔である。しかし、決めつける証拠がないので黙って死骸を片づけた。

「質の悪いやつがいるものだ」

「長屋の人とは思えませんけど」

お早がいうように、長屋の連中とはうまくいっているし、仲もよい。まさか筆子の仕業とも思えない。

「もしや……」

お早はそういって口をつぐんだが、伊之助にもその先の言葉は予測できた。

「そうだと決めつけるものはない」

伊之助はお早を窘《たしな》めて居間に戻った。

ところが、悪戯は一度では収まらなかった。一日置いた早朝には、猫の死骸が戸口前に置かれていたのである。

一度ならず二度の出来事に、伊之助もお早もさすがに黙っておれなくなった。かといって、犯人を特定することはできない。

その日、通ってくる筆子たちに鼠と猫の死骸の悪戯があったことを話し、心あたりがないか聞いてみたが、みんなは互いに顔を見合わせるだけであった。

しかし、その日の暮れ方に長屋にやってきた豆腐屋が妙なことをいった。

「なに、侍が……」

豆腐屋は朝早くこの長屋から出て行く侍を見たといったのだ。

「へえ、たしかに見ました。ひょっとして先生かと思ったのですが、先生は刀を差しておられませんからね」

「その侍はどんな男だった。歳とか背恰好とかわからぬか」

「歳はまだ若かったと思います。三十には届いていなかったはずです。ひょろりと背が高かったです」

伊之助にはぴんと来た。中島定之助は二十半ばだ。そして痩せて背が高い。

（あやつだ！）

伊之助は一気に頭に血を上らせた。太郎のこともあるのに、さらに嫌がらせをするとは許すまじき所業。

伊之助は家に取って返すと、奥の居間にある刀掛けをめざし、長年使っていない刀をひっつかんで家を飛び出した。

（今日という今日は、思い知らせてやらなければならぬ）

子弟教育に熱心な伊之助は我を忘れて、大股歩きで通りを歩き、中島定之助の家を訪ねた。家には四歳のお孝という娘がいるだけだった。

「父上はまだ帰ってこぬか？」

訊ねれば、お孝は首を横に振るだけだった。

伊之助は中島定之助が勤めているという大坂屋に向かうことにした。すでに日は傾きはじめており、通りには仕事帰りの職人や侍の姿があった。

「伊之助殿、どこへまいられる」

ふいの声に立ち止まると、近所に住まう隠居の桜木清兵衛だった。

六

伊之助は興奮気味の顔をしていた。そして、腰に刀を差している。

「もはや黙っておれなくなったのです」

「よもや、中島殿のことではあるまいな」

「いかにも。我が家の戸口前に鼠と猫の死骸を置かれたのです。誰の仕業かわかりませんでしたが、豆腐屋が中島定之助を見ていたのです」

清兵衛は眉宇をひそめた。

「太郎のことで分別のないことをいたし、さらに質の悪いことをされては黙っておれませぬ」

「鼠と猫の死骸とは聞き捨てならぬが……」

伊之助は興奮を隠さず、まくし立てるように早口で話した。

「腹立ちはよくわかるが、たしかに中島定之助の仕業だという証拠はあるのかね？」

「豆腐屋が身共の長屋を出ていくのを見ているのです」

「死骸を置いたのを見たのかね？」

「いえ、それは……」

「人ちがいであったなら分が悪くなる。豆腐屋がその侍の顔を見ているなら、中島殿に会わせればはっきりするのではないかね。詰問するならそれからでも遅くはないはず」

伊之助は戸惑い顔をして通りを眺めた。

「早まっては身を滅ぼしかねぬ。そなたは子供たちの手本となる手習いの師匠ではないか」

伊之助は悔しそうに唇を嚙み、うめくような声を漏らした。

「それにしてもひどい仕打ちでございまする」

「気を静めよ」

清兵衛は近づいて諭した。

「通ってくる筆子たちがいるのだ。お早殿というできた妻女も、さらにはおくにという娘御もある身ではないか。一家の主が我を失ってはならぬ」

「ごもっともではありますが……」

「太郎の親が見つかりそうなのだよ」

清兵衛の言葉に、伊之助はハッと目をみはった。

「まことでございまするか」

「ああ、薪《まき》屋が気になる女を見ている。太郎が捨てられていた稲荷社の前で、一度ならず二度も三度もである」

「その女のことは……」

「まだわからぬ。これから捜すところなのだ」

そのとき、伊之助の目が一方に注がれ顔がこわばった。その視線に気づいた清兵衛がそちらを見ると、中島定之助であった。細身の体に唐桟《とうざん》の着物と羽織姿だ。中島は二人の視線に気づき、一度立ち止まったが、すぐに歩き出して近づいてきた。

「しばらく、中島殿」

伊之助が声をかけると、中島は立ち止まって剣呑な目を向けてきた。

「何用でござろうか。まだ捨て子のことで一言おありか」

中島は不遜なことを口にした。

「一言どころではない。申したいことは山ほどある。されど、そのことを抜きにして訊ねたい儀がある」

「…………」

中島は表情ひとつ変えず伊之助を見据えた。

「鼠と猫。どちらも死骸である。身に覚えはござらぬか」

伊之助は中島を凝視した。いまにも刀の柄に手が伸びそうになっている。

「なんのことでござろうか……」

「それがしの家の戸口に鼠と猫の死骸が置かれていたのだ。そして、その死骸を置いたらしき侍の姿を見た豆腐屋がいる」

中島のこめかみがひくりと動いた。

「捨て子のことで人を咎めたうえに、今度はいい掛かりでござるか。それでなくとも、拙者は近所で白い目で見られるようになっている。なんの咎が拙者にあるというのだ。貴殿は拙者の悪口をいいふらしているのではあるまいか。戯《たわむ》れもほどほどに願いたいものだ」

「なにをッ、戯れだといって白を切るか。もう堪忍ならぬ」

いうが早いか伊之助は抜刀するなり、中島に斬りかかった。中島はとっさに後じさると、素速く刀を抜いて構えた。

「やめるのだ。二人とも刀を引け」

清兵衛は忠告したが、伊之助がまたもや斬りにいった。中島は擦りあげて、脇腹を斬るように刀を横薙ぎに振った。

伊之助はにじり下がってかわし、青眼に構え直した。

「やめぬかッ！」

清兵衛は二人を一喝して両者の間に立った。そこへ中島が斬り込んできた。

「邪魔立て無用！」

清兵衛は体をひねってかわしたが、中島は間合いを詰めてくる。

「勝手に人を悪者にしくさって、堪忍袋の緒もこれまで……」

「刀を引け。斬り合いなど無用のことだ」

清兵衛は窘めるが、中島は双眸《そうぼう》に禍々《まがまが》しい光を浮かべて詰めてくる。

「問答無用ッ」

中島が斬り込んできた。清兵衛はさっと右足を引いて抜刀すると、中島の刀をすり落とすなり、ぴたりと喉首に刃を突きつけた。そのことで中島は石像のように体を固め、顔色をなくした。

「刀を捨てるのだ。さもなくば黙っておらぬ」

清兵衛は低い声ながら威圧のある言葉をかけた。

「くくッ……」

中島は悔しそうなうめきを漏らして刀を足許に落とした。

「伊之助殿、そなたも刀を引け。斬り合いはならぬ」

清兵衛は伊之助が刀を鞘に納めたのを見ると、中島の胸を突いて遠ざけ、足許の刀を拾いあげた。

「二人とも頭を冷やすのだ」

「何故、拙者は肩身の狭い思いをしなければならぬ。拙者は我慢をしておったのだ。妻もこの町に住みづらくなったと嘆いているのだ。そこへ持ってきてのいい掛かりではござらぬか」

無腰になった中島は、目をぎらつかせて伊之助をにらむ。

「いい掛かりではない。貴様に似た侍がわたしの長屋から出て行くのを見た豆腐屋がいるのだ」

「拙者はそんなことはしておらぬ」

「では、誰がやったと申す」

「与り知らぬこと」

中島が否定したところで、清兵衛がなかに入った。

「その辺でやめておけ。人目もある」

清兵衛はそういって、周囲をそれとなく示した。近所の者が騒ぎを知り、野次馬になっていたのだ。

「互いにいいたいこともあろうが、この辺で控えおれ」

清兵衛はそういって中島に刀を返した。再度斬りかかってくるなら容赦しないつもりだったが、中島は刀を鞘に納めると、伊之助をひとにらみし、清兵衛に軽く会釈をして去っていった。

七

中島を見送った伊之助は、肩を動かしてふっとため息をつき、清兵衛に顔を向けた。

「太郎の親が見つかりそうだとおっしゃいましたが……」

「うむ、らしき女を見たという薪屋とこれから会うことになっておるのだ」

「桜木様、ではわたしもお供させてください」

清兵衛はよかろうといって歩き出した。向かうのは稲荷橋際の甘味処「やなぎ」であった。そこで、稲荷社の前で気になる女を見たという薪屋に会うことになっていた。

「子を捨てた親に、良心のかけらがあるならば、もしや捨てた場所に幾度か足を運んでいるはずだと考え、近くの店や長屋で聞き調べをしておったのだ」

清兵衛は歩きながら話す。

「されど、気になる女や男を見たという話は聞くことができなかった。そこで町を流し歩く振り売りに声をかけていくと、薪屋が気になる女を見たといった」

伊之助がまばたきもせずに見てくる。

「太郎が捨てられた稲荷社の前に、長々と立ち、まわりを見ていたそうだ。供物をあげて手を合わせていたとも。薪屋はこの近所で見かける女ではないといった」

「太郎の母親でしょうか……」

「わからぬが、それをたしかめるのだ」

「そうであればよいですが、いったいどういう了見で子を捨てたのでしょう」

伊之助が疑問を口にするが、清兵衛は答えられない。もっともいろいろな事情は考えられるが、真相は子を産み捨てた親の心のなかにしかないはずだ。

「桜木様」

「やなぎ」の前に来ると、片付けをしていたおいとが清兵衛に気づき、にこやかな笑顔を向けてきた。

「もう、仕舞いであるか」

「もう少しなら大丈夫ですよ」

おいとは夕靄《ゆうもや》の漂いはじめたあたりを眺めて答えた。

「では、茶を二つ」

清兵衛は伊之助と並んで床几に座った。

「桜木様が隠居されているというのは存じていますが、然るべきお役に就《つ》いておられた方なのですね」

伊之助が顔を向けてくる。

「自慢できるほどのお役にあったわけではない。それに、もう過ぎたことだ」

清兵衛ははぐらかした。町奉行所の元風烈廻り与力だったといえば、大方の者がそれまでとちがった目で見てくる。清兵衛は分け隔てなく人と接したいので、そのことは伏せている。

「何故、ここに？」

伊之助は清兵衛の意を汲んだらしく話を転じた。そのときおいとが茶を運んできて、

「申しわけありませんが、桜木様たちで店仕舞いいたします」

と、頭を下げた。

「うむ、長居はせぬ」

「少しぐらいの長居ならかまいませんよ」

おいとはぺろっと舌を出し、板場のほうを見て首をすくめる。おそらく親にいいつけられたのだろう。

「うむ、わかった」

清兵衛は笑顔で応じてから、

「その気になる女を見たという薪屋と、ここで落ち合うことになっているのだ」

と、伊之助の先の問いに答えた。

夕日を受ける雲がゆっくりと翳りはじめている。湊稲荷でさえずっていた目白と鶯の声も少なくなってきた。

しかし、清兵衛があてにしている薪屋はなかなかやってこなかった。

「わたしと中島のことであり、そもそも桜木様には関わりのないことなのに、お骨折りいただき恐縮でございます。わたしも足を使って太郎の親を捜すことにいたします」

伊之助は清兵衛の労をねぎらって、今日はあきらめましょうといった。おいとは店の片づけにかかっている。

「うむ、しかたあるまいな」

清兵衛は頼りの薪屋を捜すように通りを眺めた。らしき姿はない。すでに町はうす暗くなりかけていた。

「明日にするか」

清兵衛が床几から立ちあがったときだった。

「旦那様、旦那様、遅くなりました」

と、駆け寄ってきた男がいた。腹掛け半纏に股引姿の薪屋だった。商売の薪は持っていなかった。

「いかがした？」

「へえ、わかりました」

息を切らせていった薪屋を見た清兵衛は目を光らせた。

「稲荷社の前で見かけた女は、南鞘町に住んでいます。弾正橋のそばで似ていると思ったので、後を尾《つ》けてみますとやはりそうで、住んでいる家がわかったんです」

「南鞘町のどこに住んでいる？」

「新右衛門店《しんえもんだな》という長屋です。お半《はん》という女です」

清兵衛は伊之助と顔を見合わせると、

「ご苦労であった。恩に着る」

といって、薪屋に心付けをわたすと、伊之助を伴ってお半の長屋に足を運んだ。

「太郎の親が見つからなければ、引き取ってもよいといっていたが……」

清兵衛は歩きながら伊之助を見た。

「不甲斐ない親ならそれも致し方ないかと思っております。それにしても中島とその妻のことを考えると、腹が立ってなりませぬ」

「気持ちは痛いほどわかる。されど、中島に押しつけるわけにもいくまい。かかった費えもあるだろうが、捨て置いたらどうだ」

伊之助は口を引き結んだままだった。

「聞き調べているとき中島の長屋で聞いたことだが、どうも評判がよくない。同じ長屋に住みながら、隣近所の者に挨拶もしなければ、井戸浚《ざら》えやドブ浚えなどがあっても出てこないそうだ。おのれの家のことは棚にあげ、隣の声がうるさい、井戸端が汚れているなどと、ねちねちと文句を垂れるらしい。それ故に店子たちは、中島を白い目で見ているようだ。いずれにしろ、中島は分別の足りぬ男なのだ。いずれおのれの過ちに気づいたときは、羞恥に心を痛めるだろう」

「そんな侍には思えません」

清兵衛は伊之助を見た。町屋の軒行灯がその片頬を染めていた。

「そなたは市井に身を投じ、立派に手習所をやっておるが、元は武士であろう。中島と張り合えば、同じ分別のない男になりはしないか。世間に恥をかかぬが武士の心ばえ。そなたは奥方のお早殿と共に、中島とその妻の落ち度を補っておる。なかなかできることではない。世間に通らぬ情のない者を相手にして、そなたの値打ちを下げることはない」

「桜木様」

伊之助が突然立ち止まった。

「ありがとう存じます。仰せのとおりです。わたしはおのれを見失っていました」

「わかってくれてよかった」

清兵衛が安堵の笑みを浮かべると、伊之助も頬をゆるめた。

南鞘町に入った頃には、すっかりあたりは暗くなっていた。果たしてお半という女は、たしかに新右衛門店に住んでいた。

「ごめんくだされ」

清兵衛が声をかけると、腰高障子がすぐに開けられた。

「お半だな」

清兵衛が問うと、女はそうだというようにうなずいた。突然、見知らぬ侍が二人あらわれたので戸惑い顔だ。乳が張っているらしく、胸のふくらみが目立った。

小柄で色白。歳は二十歳ぐらいに見えた。

「わたしは桜木清兵衛と申す。こちらは本湊町で手跡指南をやっておられる秋山伊之助殿だ」

お半はまばたきをするだけだ。

「つかぬことを訊ねるが、そなたには子があったのではないか？」

伊之助の問いに、お半は驚いたように目をみはった。

「本湊町の稲荷社に男の子が捨ててあった。もしや、そなたの子ではないか」

「あ……」

お半の驚きは認めたのと同じだった。

「やはり、そなたの子であったか」

「あの、その子はどうしているのでしょう？」

「医者に預けてある。わたしの妻とおつたという女房が面倒を見ているのだ。そなたの子であれば、返さなければならぬが……」

「わ、わたしは……」

お半はそういうなり、膝の力を失ったように三和土にしゃがみ込み、

「ひどいことをしました。お稲荷さんに置き去りにして、ずっと心を痛めていたのです。すぐに迎えに行かなきゃならない、死んだらどうしようと、自分を責めつづけていたのです。それで何度かあのお稲荷さんに行ってみましたが、もうあの子はいませんでした。わたしは、ひどい親です。人でなしの……」

と、嗚咽《おえつ》まじりに話した。

「子を捨てたのには何か事情《わけ》があるのだろうが、教えてくれぬか」

清兵衛が請うと、お半はよろよろと立ちあがり、お入りくださいと家のなかへうながした。

「そなた次第で、あの子の扱いを考えなければならぬ」

伊之助が戸口を閉めてお半を見た。

「あの子は元気なのですね。生きているのですね」

お半は必死の目で伊之助と清兵衛を見た。

「元気だ」

伊之助が答えるとお半は、大きな胸に手をあて、はっと安堵のため息をついた。

「なぜ、子を捨てたりした？」

伊之助はお半をまっすぐ見て問うた。

お半は少しの間を置いてから話しはじめた。

八

「こんな遅くまでいったいどこへ行ってらしたのですか？」

自宅屋敷に帰るなり、安江が目くじらを立てた顔を向けてきた。

「すまぬ。話はいろいろあるが、太郎は産みの親が引き取った」

「えッ？」

「太郎の親を見つけたのだ」

「ほ、ほんとうでございますか。それはどこの誰だったのです？」

「その前に水を、いや冷やでよいから一杯酒をくれぬか」

清兵衛はそのまま居間に行って腰をおろした。

酒の支度をして運んできた安江に、清兵衛は話をしてやった。

「すると、太郎の父親である家士は、そのお半さんが奉公なさっている殿様の屋敷にいらっしゃるのですね」

清兵衛は首を振った。

「太郎が生まれて間もなく住んでいた家を出て、屋敷にも姿を見せなくなったそうだ。お半は殿様の屋敷に奉公をしているが、給金は高が知れている。とても子供を育てる自信がなかった。それで迷いに迷った末に太郎を捨てたのだが、ずっと気に病んでいたらしい」

「生計のままならぬ親に太郎を返したのですか？」

「お半は仕えている殿様に、この方は築地にお住まいの前川善右衛門《まえかわぜんえもん》という旗本なのだが、その前川様にきつい説教を受けたらしい。子を捨てる親があるか、どんなに苦しかろうが、産んだ子の面倒を見るのは親の務めだ、すぐに見つけてこいと。しかし、もうそのときには中島の妻女が拾った太郎を、お早殿とおつたが世話をしていたので見つけられようもない。子を捨てたことを後悔しながら、半ばあきらめていたところへ、わたしと伊之助殿があらわれたという次第だ」

「されど、そのお半という方が太郎を育てることは……」

「懸念あるな」

清兵衛は遮ってつづけた。

「お半が仕える前川様はできた人らしく、お半を手込めにして孕《はら》ませた家士については自分の目が行き届かなかったと、おのれを責められ、かくなるうえは太郎の面倒を屋敷で見るといってくださっているらしい。また、お半が子持ちでもかまわぬという相手の世話も、引き受けていらっしゃるようだ」

「まあ、お半さんは手込めにされて……」

「そのように聞いた」

安江はふうと嘆息してから、

「とにかくできたお殿様でようございました。それにしても、お半さんと赤子を捨てた家士はなんという人でなし」

と、手にしていた手拭いを、きゅっと両側に引っ張った。

「太郎という名前だが、お半はまだ名付けていなかったので、そのまま太郎という名を使うというてくれた」

「熱を出して腫物を取ったことは……」

「その経緯は道雲殿が詳しく話をされた。お半は涙ながらに迷惑をかけたと平伏したが、伊之助殿が太郎が立派に育てばよいので、礼などいらぬというてくれた。わたしもそれでよいと思うが、いかがだ」

「それはわたしが答えることではありません。お早さんとおつたさんの気持ちがあるでしょうから」

「もっともなことだ」

清兵衛は嘗めるように酒を飲み、

「子を棄つる藪もあれど身を拾う藪もあるということであろうか……」

と、〈子を棄つる藪はあれど身を棄つる藪はなし〉という諺《ことわざ》をひねってつぶやいた。

安江が口を半開きにして目をしばたたいた。

それから数日後のことだった。

伊之助が清兵衛を訪ねてきて、先日の礼をいったあとで、

「じつはお半殿と太郎が前川様のお屋敷に移り住むことになりまして、これから長屋を払って屋敷に行くのですが、桜木様もごいっしょされますか？」

と、聞いてきた。伊之助の妻女・お早と乳母代わりをしていたおつたも見送りに行くらしい。

「お屋敷に入り、殿様の家の子となれば、おそらく会えなくなるでしょう。桜木様にはお世話になった手前、そのことお伝えしたいと思いまして」

「それはわざわざご丁寧に。うむ、そうだな。わたしは太郎を見ておらぬので、

顔を拝みに行くか」

「では、ごいっしょに……」

清兵衛は安江に断って家を出た。

「あのあと、前川様のお屋敷から拙宅に使いの方が見えられ、太郎にかかった薬礼を過分にわたしてくださいました。お断りしたのですが、使いの方は返されては殿様の面目が立たぬので困るとおっしゃるので、ありがたく頂戴しました。もちろん、おつたさんにも半分を届けてきました」

「それはなによりであった」

「薬礼の倍の金子でございました。さらに、扇子や手拭い、足袋なども頂戴し、かえって恐縮した次第です」

「相手は大身であろう。気にせずともよいではないか。そなた夫婦とおつたの善行に対する報いだ。いや、それはよかった」

「それから中島ですが……」

清兵衛は伊之助を見た。

「二日ほど前、家移りをしてこの町を出て行ったそうです」

「そうであったか」

おそらく肩身が狭くなり、同じ町で暮らすことが息苦しくなったのだろう。しかたないことだが、清兵衛は理不尽なことをした中島夫婦を哀れだと思った。

「お半の家に行くのではないのか？」

清兵衛は途中で気づいていった。

「前川様のお屋敷前で待つことにしているのです。それから鼠と猫の死骸のことですが、あれは中島ではありませんでした。豆腐屋の話をよくよく聞きますれば、本八丁堀で手跡指南をやっている者の仕業だったようです。たしかな証拠がないので、黙っていますが、おそらくわたしのところへ来る筆子が多いので、やっかんでいるのだと思います。また同じことがあれば、そのときこそ証拠を見つけ訴えることにします」

「そうであったか。世の中にはちっぽけなやつもおるからな。つまらぬ人間だわい」

そんなことを話しながら築地川に架かる万年橋まで来た。

「あそこが前川様のお屋敷です」

伊之助の示す門前には、お早と赤子を負ぶったおつたの姿があった。伊之助が清兵衛を紹介すると、二人は恐縮の体で挨拶をした。

「お半殿はまだ来ぬか」

清兵衛は築地川沿いの道に目を注ぎ、前川善右衛門の屋敷に目を向け直した。

小振りだが立派な長屋門があり、長塀の上には枝振りのよい松と新緑を茂らせた楠がのぞき、交互にさえずりあう鶯と目白の声が聞こえてきた。

清兵衛と伊之助がそこへ到着して小半刻ほどたったとき、太郎を負ぶったお半の姿が川沿いの道にあらわれた。お半の前には侍が先導するように歩いており、荷物を背負った中間が後に従っていた。

門前にいる清兵衛たちに気づいたお半が足を止めて、みんなを眺めた。

「妻のお早と、乳母代わりになってくれたおつたさんだ」

伊之助が紹介すると、

「その節はお世話になりました。ありがとう存じます」

と、お半は深々と頭を下げた。

負ぶわれている太郎が「ばぅばぅ」と、意味不明な声を漏らし、嬉しそうに破顔し、小さな手を動かした。

「これが太郎か。元気であるな」

清兵衛は頬をゆるめて嬉しそうに笑っている太郎を眺めた。

「お半殿、もう滅多に会えぬだろうが、親子共々達者でな」

伊之助が一歩進み出て声をかけた。

「どうかお達者で……」

お早は涙ぐんだ顔で太郎を見て、お半に頭を下げた。おつたは情に厚い女らしく、声もなく泣いていたが、それは嬉し泣きであった。

「わざわざ会いに来てくださったのですね。皆様のご恩は決して忘れません。ありがとうございました」

みんなに礼をいうお半も目を真っ赤にしていた。太郎だけが、「ばぅばぅ」と楽しげに笑っていた。

「では、まいるぞ」

ついてきた侍にうながされたお半はもう一度みんなに頭を下げ、脇の潜り戸に向かった。荷物を持った中間が潜り戸を開けて、侍をなかに入れ、少し躊躇って自分も屋敷内に入った。

「ばぅばぅ」

お半に負ぶわれている太郎が、無邪気な声をあげてまた手を振るように動かした。

「別れがわかっているのよ」

お早がいうと、おつたが涙声で、

「太郎ちゃん、達者でね達者でね」

と、声をかけた。

太郎に情を移したお早も溢れる涙を手拭いで押さえていた。

お半もついに大粒の涙を頰につたわせ、声もなく一礼すると、そのまま潜り戸の向こうに消え、バタンと戸が閉められた。

文春文庫

武士《ぶし》の流儀《りゅうぎ》（六）

定価はカバーに表示してあります

2021年10月10日　第1刷

著　者　稲《いな》葉《ば》稔《みのる》

発行者　花田朋子

発行所　株式会社　文藝春秋

東京都千代田区紀尾井町 3-23　〒102-8008
ＴＥＬ　03・3265・1211㈹
文藝春秋ホームページ　http://www.bunshun.co.jp
落丁、乱丁本は、お手数ですが小社製作部宛お送り下さい。送料小社負担でお取替致します。

印刷製本・大日本印刷

Printed in Japan
ISBN978-4-16-791764-7